AF220274

Mateusz Zakrzewski

You know...
Was deine Seele immer schon wusste

Roman

Impressum

Bibliografische Information der Deutschen Nationalbibliothek:
Die Deutsche Nationalbibliothek verzeichnet diese Publikation in der Deutschen Nationalbibliografie; detaillierte bibliografische Daten sind im Internet über http://dnb.dnb.de abrufbar.

Copyright 2021 Mateusz Zakrzewski,
Füssen, Deutschland
Lektorat: I.Müller

Herstellung und Verlag: BoD – Books on Demand, Norderstedt

ISBN: 9783754334140

FSC
www.fsc.org

MIX
Papier aus verantwortungsvollen Quellen
Paper from responsible sources
FSC® C105338

Inhalt:

Kapitel 1
Zuhause

„Es war ein anstrengendes, aber zugleich ein schönes Jahr gewesen", sagte Marc, als er an einem sommerlichen Tag, gekitzelt durch die Sonne, die durch sein Dachfenster zu ihm blickte, aufgeweckt wurde.
In seinem kleinen Zimmer in Vaduz, schaute alles so aus, als wäre er immer noch ein Student....während sein Studium bereits abgeschlossen war und er jetzt beruhigt in die Zukunft schauen konnte.

„Aber was genau ist Zukunft?" Diese Frage beschäftigte Marc schon seit seiner Jugend, in der ihm sein Vater, ein renommierter Arzt in einer Kinderklinik in Boston, viele Geschichten über wundersame Heilungen, die er sich mit seinem ärztlichen Wissen nicht erklären konnte, erzählte.

Tausend Gedanken gingen Marc durch den Kopf.
Die Welt stand für ihn, mit all ihren Möglichkeiten offen und er fühlte sich dadurch wie in einem großen Einkaufsladen mit vielen bunten Produkten, die zwar oft schön verpackt sind, aber nicht immer gesund sein müssen.

Marcs Bett wollte ihn nicht loslassen, aber die Freude an der Sonne und dem wunderschönen Augustwetter war stärker.

Aus seinem Fenster zeigte sich Liechtenstein, mit all seiner Pracht. Mit seiner sommerlichen Landschaft und den Weinbergen, umarmt durch eine idyllische Ruhe lud es, besonders heute, zum Rausgehen ein.

Marc wurde nachdenklich. Seine Augen ließen sich von dem schönen Anblick streicheln, während sein Herz sehnsüchtig nach den Eltern suchte, die über dem großen Teich, in Massachusetts, waren.
Er wusste in diesem Augenblick, wo die nächste Reise hin gehen wird und die Freude im Herzen war groß.

Ein Blick ins Internet brachte noch einen Grund zum Feiern. Heute war der 15. August, Liechtensteins Staatsfeiertag. Marc erhoffte sich eine nette Zeit mit Menschen, besonders mit seinen Mitstudenten, mit denen er die letzten lehrreichen Jahre verbrachte.
Ein paar meldeten sich bereits, unter anderem auch Alon.

Alon war Marcs bester Freund. Beide verbrachten viel Zeit zusammen. Er studierte Architektur und war, genauso wie Marc, der Wirtschaftsinformatik studierte, ständig auf der Suche nach dem für viele verborgenen, tieferen Sinn des Lebens, was dazu führte, dass sie ständig im Gespräch über Gott und die Welt waren.

Von Alon stammten auch zwei alte Bücher, die auf Marcs Schreibtisch seit Ewigkeiten lagen und warteten entdeckt zu werden.

Es war bereits Nachmittag, als Marc nach Schaan durchkam. Der Weg dorthin war ein einzigartiges Erlebnis. Zahlreiche Menschen, mit einem freundlichen Lächeln und die in Landesfarben verkleidete Straßen und Gebäuden waren ein unvergesslicher Anblick, auf dem Weg zu Alon.
Beide verabredeten sich dort zum Essen, um über ihre Pläne zu sprechen und um gemeinsam ein bisschen zu feiern, bevor ihre Wege auseinander gehen werden.

Alon wartete schon ungeduldig auf Marc. Geduld war nicht seine Stärke, wie er immer zu sagen pflegte. Alles fühlte sich so an, als hätte Marc mindestens eine halbe Stunde Verspätung.
Alon war trotz allem guter Laune. Seine freundlichen, dunklen Augen und der Blick aus der Seele heraus, begrüßten Marc herzlich und die Freunde fielen sich in die Arme.

„Grüezi Marc" „ Ich freue mich sehr im Herzen, dich wieder zu sehen ", sagte Alon und klopfte Marc auf die Schulter.

„Hoi Alon" „Eine besondere Begegnung, an einem

besonderen Tag", antwortete Marc.

Jede Begegnung war für sie etwas Besonderes. Beide hatten schon immer ein unerklärliches Gefühl, sich seit Ewigkeiten zu kennen.

„Lieber Marc, es ist immer wieder erstaunlich, wie schnell die Zeit vergeht. Wir sind gerade mit unserem Studium fertig geworden und schau, schon sind ein paar Wochen vergangen!", sagte Alon, mit einem nachdenklichen Blick.

„ Ich hoffe, dir geht es gut und du genießt den Tag. Wie ich dir schon gesagt habe, werde ich dann bald das Land verlassen und zuerst nach Zürich umziehen. Dort habe ich eine Zusage im Architekturbüro bekommen, ich freue mich, dass wir uns noch sehen dürfen, bevor auch du dich auf den Weg machst", fügte Alon hinzu.

„Lieber Alon, dass erfreuliche daran ist, dass du nicht sehr weit weg sein wirst, es ist nur ein Katzensprung nach Liechtenstein. Du weißt, dass du für mich immer eine Inspiration bist und dass unsere Begegnung kein Zufall war.... Ich würde gerne meine Eltern in Boston besuchen. Sie wissen zwar noch nichts von ihrem Glück, aber in der Tiefe meines Herzens fühle ich, es wird nicht nur ein Besuch sein", antwortete Marc mit

Trauer aber auch mit Freude zugleich.

„Zufälle gibt es nicht" „Alles hat im Leben eine Zeit und alles war im Leben für etwas gut. Wir müssen jedoch nicht leiden. Ich freue mich, wenn Menschen durch Glücklichsein und Gutes wachsen und so ist es mit uns...", sagte Alon grinsend. Es war eine von seinen Weisheiten, die Marc die ganze Studienzeit begleiteten und worüber er immer froh war und dadurch vieles besser verstehen konnte.

Der Nachmittag ging weiter und sie hatten noch viel Spaß an der gemeinsamen Zeit und der Abend brachte Marc noch eine Botschaft, die Alon ihm auf den Weg mitgab:

„Höre Marc, ich danke dir für unsere heutige Begegnung und die ganze Studienzeit. Du wirst bald in der Welt unterwegs sein, vieles erleben...höre dabei immer auf deine innere Stimme. Sie erscheint in einem unerwarteten Moment. Du kannst sie hören oder nicht hören, aber jeder, mit dem sie gesprochen hat, weiß was sie gesagt hat...Finde deine innere Stimme, höre ihr zu und dein Leben erhält eine ganz neue Dimension.
Die innere Stimme kommt vom Herzen, ist die Kraft der Schöpfung. Wenn du sie findest, findest du den Energiefunken der Quelle, der dich leitet, der immer

für dich da ist und dich in jeder Situation führt. Finde deine innere Stimme. Überprüfe sie. Bitte um Hilfe, damit du dich nicht verläufst. Du nennst es Gebet? Es ist in Ordnung. Hilfe wird kommen. Halte dich an die inneren Hinweise und dein Leben wird mit Licht erfüllt sein... „

Auf dem Weg nach Hause, fuhr Marc wieder durch die bunten Straßen nach Vaduz zurück. Diesmal begrüßten ihn die Gebäuden mit farbigen Lichtern in den Landesfarben.
Zuhause angekommen, warf er noch einen Blick auf Alons beide Bücher und wusste dabei, es beginnt eine wichtige Zeit in seinem Leben.

Kapitel 2
Gespräche

Seit der letzten Begegnung mit Alon waren bereits einige Tage vergangen, die Marc mit Planen und Reisevorbereitungen füllte.
Es stand fest, dass er zuerst nach Zürich musste, bevor er von dort weiter Richtung Boston fliegen konnte.
Jetzt hatte Marc nur noch seinen Eltern, von ihrem Glück zu erzählen.
Marcs Eltern waren beide Ärzte und wanderten, bereits vor ein paar Jahren, in die Vereinigten Staaten aus.
Sie arbeiteten in der weltbekannten Kinderklinik in Boston und glaubten fest daran, dass wir nicht nur den Körper, sondern gleichzeitig auch die Seele zu heilen haben und dass beides miteinander verbunden ist.
Sowohl Marc als auch seine Großeltern, bei denen er wohnte, waren sehr froh über diese Einstellung mit der seine Eltern ihrer Berufung nachgingen.

Marcs Großeltern teilten nicht wirklich seine Begeisterung, dass auch er jetzt ins Ausland gehen wollte, aber nach vielen Gesprächen wuchs in ihnen die Zuversicht, dass alles seine Richtigkeit haben würde und sie freuten sich mit ihm zusammen, auf die Reise.

Am späteren Nachmittag erreichte Marc auch seine Eltern, die durch die Zeitverschiebung, gerade beim Frühstücken waren. Natürlich wäre in der heutigen Zeit eine Mitteilung immer möglich.

Marc bevorzugte jedoch normalerweise ein persönliches Gespräch und die Eltern waren auch dieses Mal sehr glücklich, dass sie ihn hören durften und vor allem, über seine erfreuliche Nachricht.

Nach einem kleinen Spaziergang durch die sommerliche Fußgängerzone in Vaduz und nach Gesprächen mit der Fluggesellschaft, stand dem endgültigen Zusammenpacken nichts mehr im Wege.

Am Abend meldete sich auch Alon und es gab ein weiteres Gespräch mit ihm.

Alon war schon in Zürich und freute sich über Marcs Erfolge bei seiner Reiseplanung.

Er versprach Marc, dass er versuchen würde, zum Flughafen in Zürich zu kommen, um ihm dort, noch persönlich, eine gute Reise zu wünschen.

Irgendwann ging es um das Gepäck und auch heute gab Alon seine Botschaft dazu:

„Menschen lieben Gegenstände. Für diese töten sie Tiere und oft sogar Menschen. Wenn sie die geträumten Objekte dann bekommen, stellt sich heraus, dass sie Neue benötigen. Größer und teurer...und sie sind wieder unglücklich...und so geht es immer weiter.

Wenn sie (physisch) sterben, dann wird ihnen bewusst, dass keines dieser Objekte je ihnen gehörte. Sie wurden nur für eine Reise namens Leben "geliehen".
Es ist wichtig, dass du mit kleinem „Gepäck" auf die „Lebensreise" gehst. Viel Gepäck bedeutet viele Abhängigkeiten.

Uns wird eingeredet, dass wir dieses und jenes brauchen, um uns wohl zu fühlen, wenn wir etwas nicht haben oder erleben, sind wir unglücklich.
Auf diese Weise wirst du so süchtig nach Dingen, dass dein Glück oder Unglück von ihnen bestimmt wird.

Dies ist nicht nur unklug, sondern auch eine falsche Hierarchie von Werten und Vorstellungen.
Dinge sind schlechte Reisebegleiter. Sie gehen oft schnell kaputt, verloren oder werden sogar gestohlen.- Verwende sie daher immer so, als wäre es das letzte Mal. Sei dankbar, dass du sie hast, aber gleichzeitig bereit, jederzeit von ihnen Abschied zu nehmen.

Denke immer daran, dass nichts auf der Erde für immer gegeben ist. Alles ist nur geliehen. Alles ist wie eine Seifenblase, die jeden Moment platzen kann.
Wenn du von Dingen abhängig bist, wirst du von jeder platzenden Blase nass. Bleibe daher ein bisschen distanziert. Behandle deine Umgebung mit Interesse und Respekt und auch mit Dankbarkeit, dann wirst du

keine unangenehmen Überraschungen erleben müssen.

Durch kleines „Gepäck" wirst du weniger müde und wenn du dich von ihm trennen musst, wirst du lächeln und weiter gehen. Leicht und befreit..."

Wie immer, machte auch diese Botschaft Marc sehr nachdenklich und es standen an diesem Tag keine Gepäcksfragen mehr offen.

Kapitel 3

Zeichen

Ein herbstlicher Regen weckte Marc in den frühen Morgenstunden. Ein Blick auf sein Smartphone, ließ ihn nicht daran zweifeln, wie schnell die Zeit vergeht und wie wir Menschen uns oft im Leben verrennen und dadurch, die kleinen Glücksmomente erst gar nicht wahrnehmen.

Heute ist es soweit. Der Tag auf den sich Marc so sehr freute, ist bereits Wirklichkeit geworden. Seine Gedanken kreisten die ganze Zeit zwischen Vaduz, Zürich und Boston umher, doch bis es soweit war, gab es noch einiges zu tun.

Die kleinen Regentropfen klopften ganz leise ans Dachfenster und ähnelten einem Uhrwerk, das an die Zeit erinnert, die uns davonrennt, während wir uns oft Dingen widmen, die für unser Leben so gut wie keine große Bedeutung haben.

Ein kleiner Reisekoffer, der geduldig in einer Ecke auf Marc wartete, erinnerte ihn an die tiefsinnigen Worte seines Freundes Alon. Das Frühstück war heute, passend zu seiner Reise, von den Großeltern festlich vorbereitet. Ein Toastbrot und ein Spiegelei mit Bacon erfüllten sein Herz mit großer Freude.

Auch die leckeren Donuts weckten Marcs Erinnerungen an die Zeit in Deutschland und damit verbundene Leckereien eines Donuts Herstellers aus Boston, der dort seinen Ableger hatte.

Nach dem leckeren Frühstück war das Wetter immer noch nicht besser, ganz im Gegenteil, es wurde noch unbeständiger, so dass Marc anfing, sich Gedanken zu seiner Reise zu machen.
Bis zum Flughafen in Zürich, waren es immerhin einige Kilometer, die er mit dem Auto zurücklegen musste.
„Es ist wie im Leben, nach dem Regen kommt die Sonne", sagte Marc leise vor sich hin, während im Radio gerade das Lied „You are my sunshine" lief.

Ein Telefonat mit Alois, einem Freund der Familie, brachte Marc Entspannung und einen Grund zur Freude. Alois erklärte sich bereit, ihn nach Zürich zu bringen.

Beide verabredeten sich für den Nachmittag, um am Flughafen genug Zeit für den Check-in zu haben und was Marc sehr wichtig war, um noch Alon treffen zu können, der dort auf ihn warten wollte.

Alois kam pünktlich nach Vaduz und auch Marcs Großeltern freuten sich, ihn nach langer Zeit wieder-

sehen zu dürfen und gemeinsam mit ihm das Mittagessen zu genießen, das sie für alle vorbereitet hatten.
Alois war ein, auf seine Art und Weise, glücklicher Mensch, mit strahlenden Augen und einer immer guten Laune. Er studierte Lehramt und hatte eine gute Menschenkenntnis. Seine Leidenschaft war Wandern, aber auch schnelle Autos, mit denen er immer wieder Ausflüge kreuz und quer durch Europa machte.
Marc mochte ihn sehr, auch wenn er für tiefere Fragen des Lebens, nicht unbedingt zu begeistern war.

Gut versorgt und bester Laune gingen Marc und Alois mit dem Gepäck zum Auto. Marc schaute in den Himmel und suchte mit seinen Augen verzweifelt nach den Bergen, die sich hinter dicken, schwarzen Regenwolken versteckten, als wollten sie nicht zusehen, wie er seine Heimat verlässt.
Alois hatte mittlerweile keine gute Laune mehr. Beim letzten Check seines Fahrzeugs entdeckte er etwas, was die Reise letztendlich um einige Minuten verzögerte. Ein Vorderreifen bedurfte eines Wechsels und bei der heutigen Wetterlage machte so etwas gar keinen Spaß.

Mit einer erheblichen Verspätung konnten sie endlich loslegen. Alois Laune war wieder da und seine Augen lächelten Marc an.
Er war in seinem Element, nirgendwo fühlte er sich

besser als beim Autofahren. Sein Auto war für ihn schließlich etwas Besonderes.

Marc war dagegen kein begeisterter Autofahrer. In seinem Inneren musste er jedoch zugeben, dass die schnelle Reise nach Zürich ihm doch Spaß machte.

Die Reise ging schnell voran, so dass die Chancen, für das rechtzeitige Ankommen, am Züricher Flughafen gut waren, worüber sich Marc sehr freute.

Alois fuhr ziemlich schnell, was für ihn ja nichts Ungewöhnliches war. Für Marc blieb die ständig wechselnde Landschaft übrig...nur die Berge schienen sich dabei nicht vom Fleck zu bewegen :))

An einem kurzem Zwischenstopp am Zürichsee fiel Marc auf, dass die beiden Bücher, die Alon ihm schenkte, nicht im Handgepäck zu finden waren. Die kleine Pause bot sich gut an um nach den Büchern im Reisekoffer zu suchen, was nach einer kurzen Weile zum Erfolg führte.

Marc verstand Alois Begeisterung für Autos nicht ganz. Er sah Fahrzeuge, als ein Fortbewegungsmittel, mit dem man von Punkt A nach B kommen konnte. In einem der Bücher fand er plötzlich etwas darüber, etwas, was eher wie Alons handschriftliche Notiz ausschaute:

„Der Körper ist ein Fahrzeug, in dem sich unsere Seele bewegt. Der Körper wurde für uns zum Gott. Unser ganzes Leben ist ihm untergeordnet, für ihn opfern die Menschen all ihre Energie und Zeit.

Der Körper ist natürlich ein tolles Gut. Pass auf ihn auf. Schätze ihn. Achte auf die innere und äußere Sauberkeit. Lasse nur gute Gedanken und Absichten in dir wohnen. Pflege deinen Körper, indem du ihn regelmäßig wäscht und richtig anziehst.

Es ist jedoch erschreckend, was derzeit mit dem Körper gemacht wird. Es gibt Menschen, die jeden Tag stundenlang mit Geräten und Gewichten arbeiten und sich und ihren Körper quälen, um eine „ perfekte" Körperform zu bekommen oder zu behalten.
Andere üben Sportarten aus, die sich als schädlich erwiesen haben, nur weil sie "modisch" und angeblich ein guter Zeitvertreib sind. Alles, was amüsiert, aber dem Körper schadet, ist eine Sucht und sollte als solche behandelt werden.

Ein Beispiel dafür ist Bodybuilding, durch das sich das Muskelvolumen erhöhen lässt. Wenn die Muskeln häufig aufgebaut werden, entstehen Spannungen im Körper. Energie hört auf zu fließen. Der Körper hört dann auf, ein wunderbares Werkzeug zu sein, mit dem du alles tun kannst und wird dann nur zu einem Muskelkäfig, in dem du sitzt.
Warum brauchst du all diese Muskeln? Bist du ein Zugtier?

Schätze deinen Körper. Mache auch Übungen, um die Beweglichkeit aufrechtzuerhalten. Aber sei dir sicher: Eine halbe Stunde Meditation zweimal täglich hilft dir und deinem Körper mehr als alle Körperübungen, die heute angepriesen und verkauft werden"

„Der Körper als Fahrzeug für dieses Dasein, als Fortbewegungsmittel für unser Leben" „Was für eine verblüffende Ähnlichkeit mit meiner heutigen Reise", ging es Marc durch den Kopf.

Ein heftiges Bremsen riss Marc wie ein Wecker aus der Tiefe seiner Gedanken und er sah plötzlich die großen Rücklichter eines LKWs auf ihn zukommen, der am Ende eines Staus stand.

Es war etwas ungewöhnliches für diese Gegend und Marc ahnte schon, dass es kein Zufall war.

Alois, der gerne schnelles Vorankommen bevorzugte, fing zu jammern an und zeigte, trotz seinem immer fröhlichen Wesen, laut seinen Unmut. Im Radio suchte er verzweifelt nach einer Verkehrsmeldung, die ein bisschen Klarheit über die Situation bringen sollte.

Marc blieb dabei leise und suchte dagegen weiterhin nach einer Erklärung. Er machte sein inneres Ohr groß, um das leise Flüstern seines Herzens zu hören.

In diesem Moment sah er eine Nachricht auf sein Smartphone kommen. Alon war schon am Flughafen und auch in seinen Worten, konnte Marc Besorgnis und zugleich Ungeduld spüren.

Nach einigen Minuten Stillstand auf der Autobahn war allen drei langsam bewusst, dass bis zum Check-in nicht mehr viel Zeit übrig bleibt und es war fast unmöglich, das Flugzeug nach Boston noch zu erreichen.

„Was nun...? ", fragte sich Marc im Herzen.

Kapitel 4

Innere Reise

Am Flughafen angekommen, reichte die Zeit gerade, Alois zu danken und ihm alles Gute zu wünschen.

Blinkende Lichter der abfliegenden Flugzeuge, begrüßten Marc genauso wie die Menschenmassen, die er so gerne mied und die alle durch den Haupteingang der großen Abflughalle strömten.

Eine ältere Dame mit ihrem großen Reisekoffer, der zugleich einer Visitenkarte ihrer Ausflugsziele ähnelte, eilte zum Schalter hin und vergaß dabei ihren Mann, der die Schnelligkeit seiner Frau offensichtlich unterschätzte. Eine junge Dame mit langen schwarzen Haaren in einem, für diese Jahreszeit unpassenden, Sommerkleid schaute an einem Infostand nervös auf ihr Smartphone.

„Hoffentlich findet sie ihre gute Laune wieder", dachte sich Marc, während eine Infotafel ihm das Ziel ihrer Reise verriet. „Mauritius ist schließlich ein Ort der Sonne, Freude und eben guter Laune", schwebte es durch Marcs Kopf.

Marc versuchte geschickt und schnell Alon zu finden, der schon seit einiger Zeit auf ihn wartete. Leider war nicht nur er hier, sondern mit ihm gleich die ganz Welt.

Menschen, Schicksale, Lebenswege, die sich in diesem kleinen Augenblick kreuzten, machten alles nicht einfacher.

Der lange Weg durch den Abflugterminal schien kein Ende zu haben. Marc fühlte sich wie auf einer Pilgerreise mit einem unbekannten Ziel.

Im Augenwinkel sah er schon Alon winken, der sich hinter einem bärtigen Mann mit seiner Familie „versteckte". Sein Freund hielt etwas in seiner Hand und es sah danach aus, als wäre das Flugzeug bereits in der Luft und Marc endgültig in der Schweiz zurückgeblieben.

Die Freude am Wiedersehen war trotzdem groß. Marc und Alon fielen sich in die Arme und blieben so eine Weile, bis der nebenstehende, bärtige Mann sie aufforderte, ihn durchzulassen, samt seiner Frau und den drei Kindern.

„Dein Flugzeug ist vor einer halben Stunde gestartet", sagte Alon mit sanfter Stimme.

In seinen Augen sah Marc aber kein Anzeichen der Trauer, ganz im Gegenteil.

„Es war dir aber klar mein Freund", fügte Alon grinsend hinzu, bevor er aus der Jackentasche einen Umschlag herauszog.

„Ich habe vorgesorgt und deinen Flug bereits umgebucht. Kurz vor Mitternacht geht es für dich weiter, Marc", sagte er majestätisch und drückte Marc den Umschlag in die Hand.

Marc war sprachlos, setzte sich auf eine der zahlreichen Sitzbänke in der Wartehalle und blieb so einige Minuten still und staunend sitzen.

Die Überraschung war groß und Marc spürte in diesem Moment die schützende Hand des Schicksals.

Alon grinste immer noch und schaute Marc mit strahlenden Augen an. Plötzlich klopfte er ihm auf die Schulter und flüsterte in sein Ohr: „Komm, ich habe Hunger...du sicherlich auch. Es gibt einiges zum Erzählen, bevor du Zürich auf Wiedersehen sagst"

Zahlreiche Restaurants winkten beiden bereits freundlich zu und die Mägen spielten ein unbekanntes Lied, das die besten Freunde zum schnellen Erledigen des Check-in einlud.

Bis zum Abflug blieben Marc einige Stunden. Stunden, die sie mit Erinnerungen und tiefen Gesprächen über den Sinn des Lebens füllten.

Alon war kein Neuling in der Schweiz. Nach einigen Wochen Einarbeitung konnte er an einem wichtigen Projekt in Lugano mitwirken. Die gemeinsame Zeit mit Marc am Flughafen war für ihn die einzige Möglichkeit, ihn zu sehen, bevor ihre Wege auseinander gehen werden.

Die große, blaue Infotafel des Flughafens weckte in Marc nochmals das Gefühl der Vergänglichkeit unseres Lebens. Schöne und wertvolle Zeit mit seinem langjährigen Freund vergingen wie eine Leuchtspur, der vom Himmel fallenden, Sternschnuppe.

„Boston, 23:15, Gate E21,, , sagte Alon leise, während er seine Hand auf Marcs Schulter legte.

Sein Blick wirkte nachdenklich und auch Marc wurde schnell bewusst, dass beide sich nicht so schnell wieder begegnen werden. All die Studienzeit und gemeinsame Augenblicke vor dem Abflug gingen Marc wie ein Kinofilm durch den Kopf und die Tränen in seinen Augen erinnerten ihn an den regnerischen Weg zum Flughafen....

Ein kalter Wind begrüßte Marc beim Einsteigen in sein Flugzeug, aber die warmen Blicke der Flugbegleitung wirkten wie die Sommersonne mitten im Herbst. Auch der Flugkapitän begrüßte alle Menschen mit Begeisterung in seinen Augen, in den Marc viel Erfahrung und Leidenschaft fürs Fliegen fühlte.

Ein Blick ins Innere des Flugzeuges gab ihm ein gutes Gefühl und er wusste schon, der Gott der Lüfte, von dem er mal lesen durfte, wird sie alle sicher ans Ziel bringen.

Am Bord sah alles noch wie auf einem Wochenmarkt aus und jeder suchte, in dem Chaos, nach seinem Sitzplatz, wie wir Menschen ihn zu suchen scheinen, auf unserer Reise durchs Leben.

Auf den vielen bunten Displays konnte man bereits alle wichtigen Fluginformationen verfolgen.

Marc versuchte ganz geschickt seinen Sitzplatz zu erreichen, der laut Auskunft der Besatzung im hinteren Bereich des Flugzeuges lag.

Vorbei an zahlreichen, noch auf dem Boden stehenden Handgepäck und an herumstehenden Menschen aus aller Welt, schlich er sich zu dem ihm angewiesenen Platz durch. Zu seinem Erstaunen, saß in der gleichen Reihe bereits der bärtige Mann, dem er in der Wartehalle begegnet war. Seine Frau und die drei Kinder winkten ihm aus der nächsten Sitzreihe zu und erzählten lebhaft etwas, was Marc leider nicht verstehen konnte.

Der Mann studierte ein dickes Buch und es schien ihn nicht besonders zu interessieren, was gerade um ihn herum passierte. Er bemerkte nicht mal Marc, der neben ihm seinen Platz einnahm.

Bis auf die kleine Gruppe von jungen Menschen, die gut gelaunt ein Lied sangen, kamen alle Mitreisenden langsam zur Ruhe und die freundlichen Flugbegleiterinnen fingen an, die letzten Anweisungen vor dem

Abflug zu geben.

Die himmlische Ruhe an Bord unterbrach plötzlich eine laute Auseinandersetzung im vorderen Bereich des Flugzeuges, die die Flugvorbereitungen um einige Minuten verzögerte.

Ein aufgeregter Mann schrie ein kleines Kind an, das ihn mit seinem Getränk übergossen hatte. Es fielen Worte, die tief verletzend und zu der Situation unpassend waren.

Marc sah, wie das Kind immer kleiner wurde und zu weinen begann. Die Lage drohte zu eskalieren und nur Dank der Gelassenheit des Kapitäns, kam es zwischen den Erwachsenen zu keinen Handgreiflichkeiten.

Das Licht ging aus. Der Blick aus dem kleinen Fenster zeigte tiefe Nacht. Draußen war es so dunkel, wie es die Energie und Emotionen waren, die noch vor kurzem die streitenden Menschen begleiteten.

Marc ging dem Ruf seines Herzens nach, zog aus dem Notizbuch ein Blatt und schrieb an den streitsüchtiger Mann ein paar Worte, die ihm sein Freund Alon in der Studienzeit sagte:

„Jeder von uns spricht jeden Tag tausende von Wörter. Wir machen uns keine Gedanken darüber. Ach,..wir reden einfach nur ... was ist daran außergewöhnlich? Und doch gibt es eine verborgene Welt der Energie,

die wir durch Worte an andere Menschen weitergeben. Wenn wir das Wort "Hund" sagen, entsteht in den
Köpfen der Menschen sofort das Bild eines Hundes.
Gleiches gilt für die übrigen Wörter, die Bilder auslö-
sen. Es gibt aber auch andere Wörter, die bei den
Menschen sehr schlechte Energien wecken können.
Achte auf deine Worte. Überlege, bevor du jemandem
etwas erzählst, das ein Bild von schlechter Energie in
ihm hervorruft"

Anschließend übergab er das Blatt einer Flugbegleite-
rin, mit der Bitte, es dem Mann weiterzugeben.

„Crew, Ready for Take-off ", kam aus dem Lautspre-
cher und alle blieben still. Anspannung schwebte in
der Luft. Der bärtige Mann klappte sein dickes Buch
zu und sagte leise etwas zu seiner Frau und den Kinder. Auch dieses mal hatte Marc nichts davon verstan-
den. Eine ältere Dame in der Sitzreihe nebenan, wirkte besonders nervös und betete leise für einen guten
Flug.

„Ma´am, alles wird gut, vertrauen sie mir. God bless
you!", sagte Marc freundlich und drückte kurz die
Hand der Dame.

Spontanes Handeln war etwas, was Marc immer viel
Freude bereitete.

Die Kraft der Turbinen drückte alle fest in die Sitze
und nach wenigen Augenblicken war die Maschine

bereits in der Luft.

Nach einigen Minuten entspannte sich die Atmosphä-
re an Bord und die Menschen schienen ruhiger zu
sein. Die meisten vertrieben sich die Flugzeit mit
zahlreichen, an Bord angebotenen, Filmen. Marc
nahm sich vor, ein bisschen zu schlafen...

Kapitel 5
Willkommen in Boston

Einige Turbulenzen weckten Marc auf. Noch verschlafen schaute er sich an Bord um. Die meisten Passagiere waren mit ihrer Brotzeit beschäftigt, so dass Marc auch Lust auf einen Kaffee bekam.

Latte Macchiatto mit Karamell war sein Lieblingskaffee, den er jeden Morgen, so gerne, beim Vaduzer Bäcker trank.

Sein Flugnachbar, von dem Marc noch nichts näheres wusste, widmete sich nach einer kurzen Esspause dem gleichen Buch wieder.

Marc war von Natur aus ein neugieriger Mensch, der gerne alle Fragen beantwortet haben wollte. Viele Stunden lang beobachtete er in seiner Kindheit Dinge und Menschen um herauszufinden warum etwas so ist und nicht anders.

Auch in diesem Fall war seine Natur gefragt. Er warf immer wieder einen Blick in das Buch seines Nachbars. Leider wurde er nicht schlauer und konnte die Schrift keiner Sprache zuordnen.

„Verzeihung, ich hätte eine Frage", sagte Marc ein bisschen unsicher.

Der bärtige Mann hob seinen Blick und schaute Marc tief in die Augen, als hätte er in seiner Seele lesen wollen.

„Fragen ist nie verkehrt", antwortete der Mann und setzte gleichzeitig seine Brille ab. „Also, wie kann ich ihnen helfen, junger Mann?", fügte er hinzu.

Marc holte tief Luft und hatte das Gefühl, den bärtigen Mann in seiner Ruhe gestört zu haben.

„Es ist sicherlich kein Zufall, dass ich ihnen bereits zum zweiten Mal begegne. Sie sprechen und lesen in einer Sprache, die ich nicht verstehe und einzigartig finde", erklärte Marc dem aufmerksam schauenden Mann.

„Das freut mich zu hören, wie heißen sie denn?", fragte er und schaute Marc mit einem interessierten Blick an.

„Ich bin Marc und komme aus Liechtenstein, einem ganz kleinen Land zwischen Österreich und der Schweiz", antwortete er ein bisschen gelockert.

„Siehst du mein Junge, es ist genauso einzigartig", sagte der Mann grinsend und fügte hinzu: „Ich bin Mori und komme aus Malaysia. Ich und meine Familie sind gerade auf dem Weg nach New York, mit einem kleinen Zwischenstopp in Boston, wo ich meinen Bruder treffen werde.

Meine Sprache, nach der du gefragt hast, ist Malayalam"

Marc wurde neugierig und erzählte Mori von seinem Freund Alon und der Suche nach dem Sinn des Lebens, von den tiefen Gesprächen, die die Beiden geführt haben.

Der Mann wirkte nachdenklich, hörte Marc aufmerksam zu und streichelte dabei immer wieder seinen Bart. Plötzlich unterbrach er ihn und sagte:

„Weißt du mein Junge, ich habe viele Jahre meines Lebens mit dem Studieren von heiligen Schriften verbracht und bin zu den gleichen Erkenntnissen gekommen, von denen du mir gerade erzählt hast. Es ist erstaunlich und es macht viel Hoffnung für die Zukunft"

„Ich erlaube mir, dir etwas aus meinem Buch, mit auf deinen Weg zu geben. In meinem Herzen führe ich sehr oft tiefe Gespräche mit dem Schöpfer und er sagt mir gerade, dass du noch viel Glück im Leben haben wirst, noch viele wichtige Erkenntnisse warten auf dich....und eine große Liebe, mit der du nach Europa zurückkehren wirst"

Mori gab Marc ein Blatt, auf dem ein paar goldene Zeichen standen und fügte hinzu: „Es ist für dich, zum Schutz und für schwierige Zeiten. Gott segne dich! Ich habe mich wirklich gefreut, dich kennengelernt zu haben"

Marc bedankte sich für alles. Sein Herz war mit Freude erfüllt.

Laut Ansage blieb noch etwa eine Stunde bis zur Landung in Boston. Er nahm von der Flugbegleitung, dann noch einen Kaffee entgegen, schaute freundlich zu der älteren Dame, die beim Start so viel Angst hatte, hin und in seinen Gedanken vertieft, blieb er die restliche Zeit entspannt sitzen. In seinen Augen spiegelte sich der Himmel mit seiner Wolkendecke, auf der das Flugzeug zu surfen schien, wider.

Nach einigen Minuten verkündete der Kapitän, dass die Maschine sich bereits im Landeanflug auf Boston befand. Viele Fluggäste wurden lebendiger und begannen ihr Handgepäck zu suchen. Die ältere Dame von nebenan wirkte deutlich ruhiger als zu Beginn der Reise.

„Welcome to Boston" „Danke, dass sie uns für ihre Reise gewählt haben", hieß es nach der sanften Landung auf dem Logan Flughafen.

Marc freute sich über das sonnige Wetter und blickte neugierig Richtung Ausgang.

Am Flughafen herrschte ein reger Betrieb. Marc waren die Menschenmassen schnell zu viel und er war froh, endlich in der Wartehalle angekommen zu sein.

Die Ankunft der Eltern verzögerte sich ein wenig. Marc nutzte die Zeit um Alon einen Gruß aus Boston zu schicken....und er hatte ziemlich Hunger.

Die Nachricht seines Vaters, es wird noch etwa eine Stunde dauern, bis sie da sind, führte Marc direkt zu einem veganen Imbiss in dem er erst mal ein wenig Pause machen konnte und etwas Leckeres aß.

Beim Anstehen kam eine Dame mit viel Gepäck auf ihn zu. Die zahlreichen Koffer erinnerten ihn an die, von Alon erzählte Geschichte über die Reise durchs Leben. Ihre bunten Kleider ließen ein genauso buntes Leben vermuten.

„Hello, ich bin Lucy, sind sie aus Boston...oder reisen sie weiter?", begrüßte sie Marc lebhaft.

„Ich bin Marc, komme aus Liechtenstein, besuche hier meine Eltern", antwortete er.

„Liechtenstein?...welcher Bundesstaat?", fragte sie neugierig weiter.

„Ma´am, ich komme aus Europa. Liechtenstein ist ein kleines Land in den Alpen, ein Fürstentum", erwiderte Marc grinsend.

„Aber sie sind kein Fürst oder?" Ihre Augen wurden immer größer.

„Nein Ma´am, ein ganz einfacher Junge, der nach dem wahren Sinn unseres Daseins sucht", antwortete er der lustigen Dame, während sein Magen richtig zu knurren anfing.

„Und?...irgendwelche Erfolge?" Sie ließ nicht locker.

Marc wusste nicht, wie er der Frau in ein paar Sätzen seine Erfahrungen weitergeben konnte. Schließlich waren es nicht gerade wenig und es kommen immer Neue dazu.

„Wissen sie, mein Mann war ein Pastor in Memphis", sagte sie, ohne auf Marcs Antwort zu warten.

„Ich fliege zu meiner Schwester, nach Jackson, Mississippi"

„Ihr Mann ist zu Hause geblieben?", fragte Marc interessiert.

„Mein Mann war in seinen Gedanken immer nah bei Gott...und jetzt ist er hoffentlich bei ihm angekommen", antwortete sie nachdenklich und ihre Augen wurden feucht.

„Tut mir leid Ma´am....ich fühle, es geht ihm gut", fügte er hinzu.

„Ich fühle ihn ständig bei mir", sagte sie und atmete tief durch.

„Wissen sie Ma´am, die unsichtbare Welt ist viel näher bei uns als wir es denken können und wir haben in unserem Herzen immer den Zugang zu ihr"

„Aber sie wollten sicherlich etwas anderes von mir..oder ?", fragte Marc weiter.

„Ja, es geht um meine Koffer, hoffe, sie können mich

ein Stück zu meinem Gate begleiten", erwiderte sie.

„Mit weniger Gepäck wäre es einfacher Ma´am...aber das ist eine andere Geschichte..." „Mache ich gerne", grinste Marc.

Beide genossen noch gemeinsam die leckere Mahlzeit. Marc begleitete sie bis zu ihrem Gate und gab ihr Alons Gepäckgeschichte mit auf den Weg.

Sein Smartphone vibrierte bereits in seiner Hosentasche und wie Marc richtig vermutete, waren es seine Eltern, die ihn abholen kamen.

„Welcome to Boston", hörte Marc zum zweiten Mal, an diesem sonnigen Tag.

„Mein Sohn, wir freuen uns, dass du gut angekommen bist. Wir vermissten dich so sehr" „Wir haben lange gewartet und immer fest daran geglaubt, dass du uns, gleich nach dem Studienabschluss, hier besuchen wirst", sagte sein Vater, mit Tränen in den Augen.

Der kalte, herbstliche Wind begrüßte Marc ebenfalls und die Perspektive eines warmen Fahrzeuges machte Marc gute Laune. Auch ein Stück leckerer Kuchen mit gutem Tee, für den Boston ja bekannt ist, war für ihn, nach dem langen Flug, ein Wunsch, den er sich nicht entgehen ließ.

Auf dem Weg ins Elternhaus, bemerkte Marc, dass seine Vorstellungen von diesem Ort nicht viel mit der

Wirklichkeit zu tun hatten.

Boston war an diesem Tag von Nebel umarmt und durch eine Ruhe begleitet, die wahrscheinlich nirgendwo in Amerika so präsent ist, wie hier. Marc hatte das Gefühl, in England zu sein und er freute sich schon auf die herbstlichen Spaziergänge, durch den Boston Public Park, der nur einen Katzensprung, vom Haus seiner Eltern, entfernt war.

Kapitel 6
Zwischen den Welten

Das leere Haus, in dem nichts zu fehlen schien, fühlte sich, an diesem neuen Tag, ziemlich verlassen an. Marc war stolz auf seine Eltern und deren Arbeit mit und für die Kinder aus aller Welt, die hier in Boston behandelt wurden.

Beide waren schon im Dienst und Marc blieb ein wenig Zeit übrig, bis er auch die Kinderklinik besuchen durfte. Ein Blick aus dem Fenster gab ihm einen kleinen Vorgeschmack in das tägliche Leben, in dieser wunderschönen Stadt.

Der Tee wärmte seine Hände und er blickte nachdenklich in die Ferne. Seine Reise war bereits Vergangenheit. Die Eindrücke...zeitlos.

Auf dem Küchentisch stapelten sich einige Zeitschriften und viel Werbung. In Marc entstand das Gefühl, es gibt nichts, was man nicht verkaufen könnte.

Eine der Seiten lockte mit einem Boxkampf, der an einem Wochenende stattfinden sollte.

Marc konnte sich noch ganz gut an ein Gespräch mit Alon erinnern, in dem sich beide über Sport unterhielten:

„Die moderne menschliche Welt unseres Planeten schätzt das Leben nicht. Natürlich geht es nicht nur um den Massenkonsum von Tieren und nicht nur um einen Krieg im Namen der Reinheit der Rassen oder der Überlegenheit einer Religion, sondern auch um unsere eigenen Aktivitäten"

„Schaue dir einfach eine von den so genannten „Sportarten" an, in der nicht selten die Gesundheit und das Leben aufs Spiel gesetzt werden: das Boxen" „Ein Irrsinn und Barbarei", sagte damals Alon. „Der Boxer stirbt nach einem furchtbaren Schlag, der das Gehirn schädigt, einige Stunden später im Krankenhaus.

Wird diese Show der Zerstörung des Lebens verboten sein? Natürlich nicht, weil viele Menschen so etwas gerne anschauen und den Grund für ein Verbot nicht sehen können. Wir schätzen nur die Launen unserer Sinne und die Bedürfnisse unseres Egos: Unterhaltung, Besitz, Macht über Andere, auch im Hinblick auf unsere Beziehungen ", das sind wahre Worte, deren Sinn Marc, an diesem Morgen, noch bewusster wurde.

Marc warf noch einen Blick auf sein Smartphone.

Ein paar schnell getippte Zeilen an Alon und es konnte losgehen.

Die massiven Holztreppen begleiteten ihn bis zur Haustüre, hinter der eine ruhige Allee mit vielen alten Bäumen, auf ihn wartete.

Der Herbst in Boston ist ein unvergessliches Erlebnis. Nirgendwo in Amerika, erlebt man so ein buntes Farbenspiel, wie hier in Massachussets.

Marc bemerkte einen roten Geländewagen, der mit seiner Lichthupe auf sich aufmerksam machte. Am Steuer saß ein dunkler Mann, der ihm freundlich zuwinkte.

„Sie sind Marc, nicht war?" „Bitte, steigen sie ein, wir sind bereits spät dran", sagte er freundlich.

„Guten Morgen, ich bin Amit...ihre Eltern haben mir viel von ihnen erzählt. Willkommen in Boston, meiner Heimat seit über 30 Jahren. Ich bringe sie jetzt in die Kinderklinik... von hier sind es nur wenige Minuten Fahrt" Seine dunklen, lächelnden Augen schauten Marc mit Begeisterung an.

Amit kam als Kind nach Amerika. Seine Eltern stammten aus Neu Delhi in Indien. Er studierte Medizin, an einer der zahlreichen Universitäten in Boston.

„Wie war ihre Reise?...Europa liegt nicht gerade ums Eck", fragte er neugierig.

„Danke, es grenzt an ein Wunder, dass ich jetzt hier sein darf ", antwortete Marc nachdenklich.

„Wunder gibt es jeden Tag", fügte Amit hinzu. „In Zeiten der Verzweiflung und der Widerstände, verbinde ich mich im Herzen mit meiner Mutter, die mir einmal sagte:

„Die Leute denken oft, dass etwas „für sie absolut unmöglich ist" Für andere - ja, aber nicht für sie. Sie
wissen nicht, dass sie Teil eines Ganzen sind, auf glei-
cher Stufe wie alle Anderen.

Denke daran, dass du ein kleiner Teil einer großen
Macht bist, ein Teil von vielen, die alle die gleichen
Rechte und Chancen haben. In diesem Sinne, „sind
alle das Universum und seine allgegenwärtige Energie" Du auch, weil alles diese Energie ist. Du, der
Stuhl, auf dem du sitzt, die Luft, die du atmest, alles.
Lasse dich von diesem Satz nicht abschrecken. Glaube nicht: „Niemals werde ich Erfolg haben" Glaube
daran, dass alles möglich ist. Wenn du feststellst, dass
du noch nicht alle Möglichkeiten hast – bitte um Hilfe.

Jeder Gedanke, jede Bitte wird erhört. Alle Religionen
sind unterschiedlich in vielerlei Hinsicht, aber sie
stimmen in einem überein, eine Bitte um Hilfe,

die „an das Universum" gerichtet wird, wird auch erhört. Nenne es, wie du willst, aber du musst wissen,
genau so ist es. Alles was du brauchst, ist daran zu
glauben. Die Regel, die du dabei beachten musst, auf
dem Weg zu deinem Ziel ist, das Leben in Gerechtig-
keit, Wahrheit, Liebe, Frieden und dem Nicht-Verlet-
zen.

Wenn du dies beachtest, wirst du erhört und dann wirst du überrascht sein, wie einfach es ist, obwohl du es bisher anders angenommen hast"

Amit parkte in diesem Moment sanft vor dem Eingang der Klinik. Marc bedankte sich für seine weisen Worte und die Fahrt, mit der Hoffnung, dass beide sich noch einmal begegnen werden.

Marc freute sich sehr auf diesen Tag, an dem er zum ersten Mal, bei der Arbeit seinen Eltern zuschauen durfte.

Es war nicht nur ein netter Besuch. Für Marc bedeutete der heutige Tag, eine Begegnung mit dem größten Geheimnis unseres Daseins und der Frage nach dem Sinn unseres Lebens.

Die entgegen kommenden Mitarbeiter der Kinderklinik und ihre, vom inneren Frieden geprägte, Ausstrahlung begleiteten ihn bis zu der Station, auf der Marc die kleinen Patienten besuchen durfte.

Kinder aus aller Welt, mit ihren Sorgen und ihrem Leid beschäftigten sein Herz mit Fragen, auf die er bis jetzt noch keine ausreichende Antwort bekommen hatte.

Sicherlich, war sein Leben nicht besser oder schlechter als das der dort behandelten Kinder. In Marcs Augen gab es tausend Gründe, weswegen Gott ihn „bestrafen" könnte.

Es war jedoch anders. Er hatte alles, ein gesundes, zufriedenes Leben und gute Aussichten für die Zukunft. Hier waren die Kinder für jeden neuen Tag dankbar, an dem sie schmerzfrei an vielen einfachen Dingen des Lebens Spaß haben durften.

Ein Gefühl das Marc nicht kannte, Fragen, die er sich nie stellen musste.

Dankbarkeit für einfache Dinge des Lebens war etwas, was viele Menschen längst vergessen hatten und nach der vergangenen, weltweiten Krankheitswelle erst wieder neu lernen mussten.

In der Pause berichtete Marc Alon über seine Eindrücke und Gedanken zum Alltag in der Kinderklinik und bekam als Antwort eine dazu passende Geschichte:

„Genieße die kleinen Dinge, als ob sie unendlich großartig wären. Mache eine Übung - gehe noch heute in den Supermarkt. Stelle dich in die Mitte und schaue dich um - Tausende von Menschen kaufen Dinge, die sie nicht wirklich brauchen. Hast du den Müll gesehen? Ein Großteil der Dinge, die für das Leben notwendig schienen, landen in der Tonne. Dann sage zu dir:
„Es gibt so viele Dinge, die ich nicht brauche und ich bin so glücklich darüber!
Verlasse an diesem Tag den Laden, ohne etwas ge-

kauft zu haben..."

Alon hatte wie immer Recht. „Weniger ist oft mehr", warf er in den Raum während seine Augen die Stadt aus dem Fenster des Pausenraums beobachteten. Die bunte Welt draußen schien nichts über das Schicksal, der Kinder hier, wissen zu wollen.

„Was für eine Überraschung!!!", eine laute Stimme riss Marc aus seinen Gedanken.

Amits lächelnde Augen, begrüßten ihn zum zweiten Mal an diesem Tag.

„Ich freue mich sehr, dich wiederzusehen!" „Ich hoffe, dir geht es gut und du hast jetzt einen guten Einblick in unsere Arbeit bekommen", sagte er mit einem fragenden Blick.

„Einen Unvergesslichen", antwortete Marc. „Ich bin sehr dankbar meine Reise durch Amerika hier anfangen zu dürfen", fügte er hinzu.

Amit schien immer gute Laune zu haben und seine innere Ruhe war eine Bereicherung für die Kinder, Mitarbeiter und Besucher des „Medical Centers"

„Heute in zwei Wochen fängt bereits die Adventszeit an. Ich habe gehört, du bleibst noch einige Zeit in Boston. Darf ich dich dann zu einem Mittagessen einladen?", fragte Amit, mit funkelnden Augen.

Marc kannte in Boston niemanden und freute sich

über Amits Einladung. Er erhoffte sich zugleich viele interessante Gespräche und eine nette Zeit mit ihm und seiner Familie.

„Ich bin dabei", antwortete Marc und schaute kurz auf seine Uhr.

Die Pause ging zu Ende und nach einem Handschlag verließ er den Raum, während Amit in aller Ruhe seine Brotzeit fortsetzte.

Der Tag ging schnell zu Ende. Marc brauchte ein wenig Zeit zum reflektieren.

Ein kalter Abend lud nicht unbedingt zu einem langen Spaziergang ein, den Marcs Seele aber dringend brauchte.

Viele Fragen gingen durch seinen Kopf. In Gedanken vertieft, verließ er die Kinderklinik und übersah dabei ein aus dem Parkplatz herausfahrendes Auto, das kräftig hupte und in der letzten Sekunde zum Stehen kam.

Der Fahrer drehte die Fensterscheibe herunter und zu Marcs Überraschung fragte er freundlich:

„Junge, alles gut bei dir?", „Du schaust aus, als wäre der Tag zu viel für dich gewesen"

„Wo musst du hin?"

„Richtung Longfellow Bridge", antwortete Marc leise.

„Steige ein, ich lasse dich nicht so nach Hause

laufen", sagte er entschlossen.

Der große Geländewagen bog mit beiden direkt auf die Schnellstraße ein und blieb einige hundert Meter weiter im Abendstau, stehen.

Marc entschuldigte sich, für seine Unaufmerksamkeit und schaute still vor sich hin.

„Du bist ein bisschen wie ein Schwamm – du absorbierst Energie aus der Umgebung, die dich beeinflusst und verändert, wenn du sie nicht kontrollierst. Denke immer daran, dass alles, was du siehst, hörst und fühlst, wie Essen ist. Es kommt in dich und übt einen großen Einfluss auf deine Ansichten, Aura und Seele aus. Achte daher auf alles, um dich herum, was dich umgibt und was dich durchdringt, was dein Bewusstsein nicht einmal erfasst"

„Ich heiße John und bin als Seelsorger in der Kinderklinik tätig", sagte der Mann am Steuer und schaute Marc freundlich an.

„Ich bin Marc und komme aus Liechtenstein. Meine Eltern arbeiten auch in der Klinik und ich konnte heute auf der Station hospitieren. Etwas, was mich sehr mitgenommen hat...ihre Worte kommen gerade richtig"

John kannte Marcs Eltern gut. Schließlich war das Team dort wie eine kleine Familie, die sowohl in guten, als auch in schlechten Zeiten zusammenhält.

Er zeigte die gleiche Leidenschaft für Autos, wie Alois, mit dem Marc nach Zürich gefahren war....und die Country Musik machte ihm eine super gute Laune, von der auch Marc etwas abbekam.

Nach einiger im Stau verbrachten Zeit, blieb das Auto vor dem Elternhaus stehen und Marc war irgendwie froh darüber, dass aus seinem Spaziergang nichts geworden war.

John sagte noch zum Abschied: „Zum Schluss noch einen Ratschlag: Nimm nur Gutes wahr und an, höre nur Gutes und lasse dich davon durchdringen. Beschäftige deinen Geist mit positiven Gedanken. Die Ergebnisse werden deine wildesten Vorstellungen übertreffen – vertraue darauf..."

Kapitel 7
Dinge

Marcs erste Tage in Boston vergingen schnell und er fühlte sich vom milden herbstlichen Wetter richtig verwöhnt. Der Kontakt mit der Natur war ein Segen und ein treuer Begleiter auf seiner inneren Reise, auf der Suche nach dem wahren Sinn des Lebens und der Antwort auf die Frage warum Dinge geschehen.

Die heimischen, bunten Bäume tanzten oft im Takt des Windes und erinnerten ihn an eine der Geschichten, die er während der Studienzeit von seinem Freund Alon hörte:

„Sei flexibel und geh so durchs Leben. Der Wind bricht dicke und steife Bäume. Auf der anderen Seite biegt sich der leere Grashalm und hält die schlimmsten Stürme ohne Schaden aus. Der Grashalm ist innen leer. Somit wird sowohl Flexibilität als auch Haltbarkeit erreicht.
Entferne unnötigen Ballast aus deinem Inneren. Befreie dich von „fremden" Wünschen, die von außen auf dich einwirken. Verstehe, dass sie keine Erfüllung bringen und du wirst so flexibel wie ein Grashalm. Diese „fremden" Wünsche machen dich unflexibel und du schneidest dich somit von den subtilen Energien des Selbst ab. Das Selbst ist flexibel. Das Ego mit seinen Wünschen ist steif. Schau dir deine Wünsche an. Denke darüber nach, was DU wirklich brauchst,

was DICH mit seiner Einfachheit glücklich macht und was überflüssig ist.

Treffe eine gute Wahl. Lehne alles ab, was dich belastet. Werde flexibel. Dies hilft dir viele Lebenshindernisse zu überwinden und wird deinen Lebensweg überschaubarer machen"

„Ist es diese Wahrheit, die frei macht?", fragte sich Marc und ging dem Duft nach, mit dem ihn seine Kaffeemaschine zum Frühstück einlud.

Es war bereits der erste Advent. Ein Blick in seinen Kalender erinnerte ihn an Amits Einladung zum heutigen gemeinsamen Mittagessen.

In einem Haus, das genauso einsam war wie er an diesem Morgen, weckte in ihm die Sehnsucht nach seiner Heimat.

„Der Sonntag wäre ein perfekter Wandertag...", dachte er, als seine Kaffeetasse gerade leer wurde. Die Sonne schien durch das Fenster und kitzelte ihn genauso verführerisch, wie in seiner Dachwohnung in Vaduz.

Die Alpen waren aber weit weg und winkten ihm nur aus dem Internet zu. Marc entschloss sich den Vormittag am Charles River zu verbringen, dem Fluss, der auf dem Weg zu Amits Haus lag.

Nach einem langen Spaziergang erreichte er Charlestown, der ihn mit lauter kleinen Häusern begrüßte, die Marc an seinen Urlaub in England erinnerten.

Amits Reihenhaus schien in einen Winterschlaf verfallen zu sein. Eine feine Rauchwolke aus dem langen Kamin war jedoch ein Zeichen, dass seine Bewohner wohl wach waren und es wirklich etwas zum Essen geben würde.

Frische Luft macht hungrig und Marc freute sich sehr, endlich angekommen zu sein.

„Rot ist sicherlich Amits Lieblingsfarbe", grinste er vor sich hin, während seine Hand die Türklingel betätigte. Seine Haustür war nämlich genauso rot wie sein Geländewagen, der leicht zugeschneit vor dem Haus stand.

Die Tür ging auf und mit ihr eine neue Welt, mitten in Boston.

Amits ganze Familie stand da und begrüßte ihn herzlich, wie in einem Bollywood Film. Ein würziger Geruch des Mittagsessen lud Marc ins warme, gemütliche Wohnzimmer ein.

Amits Eltern schienen sehr traditionsverbunden zu sein. Ihre herzliche Umgangsart war für Marc keine Selbstverständlichkeit, viel mehr etwas besonderes, was heutzutage immer mehr vergessen wird. Die Einfachheit mit der sie lebten und ihr Haus gestalteten, war für amerikanische Verhältnisse eine Seltenheit.

Desna, Amits Mutter äußerte sich viel über die letzte Zeit nach der weltweiten Krankheitswelle und ihre Bedeutung für die Menschen. Eine Zeit in der jedem von uns bewusst wurde, was im Leben wirklich wichtig ist und was nur eine Ablenkung vom Wesentlichen darstellt.

Sie war stolz über ihre Lebenseinstellung und auf ihren Sohn Amit, der zukünftige Arzt.

Ihr Herzenswunsch war eine ganzheitliche Heilung, die Amit in die Praxis umsetzen sollte.

Desna beeindruckte Marc sehr. Sie lächelte ihm freundlich zu und in ihren Augen sah er die ganze Einwanderungsgeschichte ihrer Familie, Gefühle die sie damals begleiteten, kamen noch einmal hoch und ihre Augen wurden nachdenklicher.

Bei einem leckeren Mango Nachtisch erzählte Amit eine Geschichte, die das Leben seiner Mutter verändert hat:

„Ein Mann starb in einer großen Wohnung, in einer Wohnsiedlung im Zentrum einer Stadt. Viele Jahre lang sammelte er verschiedene Dinge, für die er ein Vermögen ausgab – ständig stritt er deswegen mit seiner Frau. Seine Wohnung war beeindruckend - sie sah aus wie ein Lagerhaus mit "tausenden von wertvollen Dingen"

Er verehrte sie, pflegte sie und sie gaben seinem Leben sogar einen Sinn. Jahre sind vergangen - die Kinder sind ausgezogen, haben ihre eigenen Familien gegründet und die Frau ist nach einer schweren Krankheit gestorben. Er war ganz alleine. Sein Leben war ein Albtraum, denn er hatte Angst vor Dieben, die kommen und ihm seine Sammlung stehlen könnten. Schließlich erlitt er einen Herzinfarkt und starb alleine.

Ein paar Tage später stellten sein Sohn und seine Tochter die gesamte Sammlung kurzerhand, für fast nichts, zum Verkauf ins Internet, aber weil dieser schlecht lief, warfen sie nach einiger Zeit alles in den Müll. Die Wohnung wurde verkauft, und die gesamte Energie, die dieser Mann in die Sachen gesteckt hatte, fand auf der Müllkippe ihr Ende"

„Wir sind umgeben von Tausenden von Gegenständen, die wir nicht brauchen und die nur unnötig Energie verbrauchen. Die Menschen verlieren ihre Gesundheit und arbeiten sich fast zu Tode, um an Geld zu kommen und ein "geliebtes Objekt" zu kaufen.

Wenn sie deswegen krank werden, müssen sie ein Vermögen für Ärzte ausgeben und die erworbenen Dinge, müssen oft für „nichts" verkauft werden. Dies alles erinnert an den sich selbst aufrechterhaltenden Mechanismus der Selbstzerstörung, der auch die natürliche Umwelt zerstört, da die Produktion unnötiger

Dinge enorme Mengen an Energie und natürlichen Ressourcen verschwendet", fügte Desna hinzu.

Sie nahm Marc an die Hand und sagte leise etwas, was Marc nicht verstand, aber wohl ganz tief fühlte. Eine Welle der Wärme und Liebe kam aus ihren Augen und erfüllte sein Herz mit einer unbeschreiblichen Ruhe. Worte die sich wie ein Gesang anhörten.

Amit schaute alldem zu und sagte mit Freude in den Augen:

„Es war ein Segen...kommt nicht oft vor. Meine Mutter sieht eine besondere Seele in dir, mein Freund"

Amits Haus zeichnete die Liebe zu Musik aus. Eine Sammlung an verschiedenen altindischen Instrumenten schmückte sein Zimmer und bildete, mit zahlreichen Musikplatten der Südstaaten, eine einzigartige Einheit, die in Marc seine Reiselust weckte.

Er tauchte für Stunden in eine sinnliche Welt der altamerikanischen Klänge ein und verließ Amits Haus erst gegen Mitternacht. Beide versprachen sich an diesem Abend einen gemeinsamen Ausflug zu den Plätzen wo alles seinen Ursprung hatte, zu unternehmen.

Kapitel 8

Stadtleben

„Es schneit!!!", jubelte Marc, als er an diesem vorweihnachtlichen Morgen aufwachte und aus dem Fenster blickte.

Die unter der dicken Schneedecke versteckten Bäume schauten dort den Menschen zu, die unter dem weißen Pulver nach ihren Autos suchten. Die Lichter der Weihnachtsbeleuchtung tanzten einen bunten Tanz, der etwas Farbe in den trüben Tag hineinbrachte.

Marc nahm sich an diesem Tag vor, die Stadt ein bisschen intensiver zu erkunden. Sein Aufenthalt in Boston war nur auf ein paar Monate begrenzt und er erhoffte sich nicht nur eine intensive Zeit mit den Eltern, sondern auch eine in der seelische Weichen für die Zukunft gestellt werden.

Boston in der Vorweihnachtsstimmung erfreute die Augen eines jeden Menschen, der sich in dieser besonderen Zeit dort aufhalten durfte. Eine Zeit der weltlichen Besonnenheit in der alle zumindest versuchten, zueinander freundlich zu sein, dem anderen Freude zu bereiten und ihn zu beschenken, mit all den schönen Dingen und Gefühlen für die unter dem Jahr oft keine Zeit mehr übrig blieb.

„Wie traurig", war Marcs Gedanke, als er in seinem Inneren ein Jahresrückblick machte. „Nach einer kurzen Zeit vergessen wir oft, was eigentlich gefeiert wird und an welche Botschaft wir jedes Jahr erinnert werden"

„Die Welt kehrt schnell zu den alten Verhaltensmustern zurück und vom Fest bleiben oft nur noch unnötige Gegenstände, die man versucht umzutauschen"

„Wo bleibt das innere Licht, das in uns erweckt werden sollte?", Marcs Gedanken zum Fest nahmen kein Ende.

Von seinem Ausflug zum Markt nahm er ein paar Kleinigkeiten für seine Eltern, sowie für seinen Freund Alon mit und machte sich auf den Weg durch die mit Menschen reichlich befüllten, Straßen.

Das Ufer des Charles River wurde mittlerweile zu Marcs beliebtesten Ausflugsziel und die dort erlebten Augenblicke brachten ihm oft innere Ruhe und ein wenig Inspiration, in der ohnehin besinnlichen Adventszeit.

Dort lernte er auch John kennen. John war ein älterer Herr, der seit ein paar Jahren in Pension lebte. Marc fühlte intuitiv, dass seine blauen Augen, schon vieles gesehen hatten.

Als langjähriger Polizist war er Zeuge menschlicher Schicksale, die wir nur aus Zeitungsberichten oder Aktionfilmen kennen.

Er lebte allein, erzählte aber nie etwas darüber, wie es dazu kam und Marc hatte nicht das Gefühl, mehr von ihm erfahren zu dürfen und war mit dem zufrieden, was der freundliche, schweigende Mann mit langen grauen Haaren und einer Jeansjacke ihm immer wieder mitzuteilen hatte.

John war heute gut gelaunt. Marc brachte ihm einen Kaffee mit und beide machten einen langen Spaziergang entlang des Ufers, begleitet durch die zahlreichen Schiffe, die auf dem Charles River unterwegs waren.

Er hörte Marc immer sehr aufmerksam zu und fand seine Überlegungen zum Leben und dem eigentlichen Sinn unseres Daseins, sehr interessant. Auch heute war es nicht anders und als Krönung lud ihn Marc zum gemeinsamen Feiern, des Heiligen Abends, ein.

„Niemand muss in dieser Zeit allein sein", war sein erster Gedanke, als John Marcs Hand festhielt, um sich für die Einladung zu bedanken.

„Manchmal ist eine Auszeit aber notwendig, um sich im Klaren zu sein, wo wir gerade im Leben stehen und vor allem, wo wir hinwollen....", fügte seine innere Stimme hinzu.

Kapitel 9

Merry Christmas

Ein lautes Klingeln weckte Marc aus seinen Gedanken, an diesem besonderen Tag.

Er ging die Treppe hinunter und machte vorsichtig die massive Eingangstür auf, hinter der sich zuerst ein großer Tannenbaum befand.

„Merry Christmas...Frohe Weihnachten mein Sohn!", sagte die Stimme, die sich hinter dem Baum versteckte.

Der Stimme folgten, die vor Glück leuchtenden Augen seines Vaters, der die Tanne anschließend ins Wohnzimmer brachte, dort wo seine Mutter bereits mit den Festvorbereitungen beschäftigt war.

Ein besonderer Tag, an dem alle zusammen sein können, ein Tag, den sich Marc oft gewünscht hatte, wurde Wirklichkeit.

Marc wollte sich ein bisschen zurückziehen, um die letzten Geschenke in aller Ruhe einpacken zu können. Einiges hat er bereits aus Liechtenstein mitgebracht, um den Eltern ein bisschen Heimat zu schenken.

Er wusste aber genau...das schönste Geschenk war die gemeinsame Zeit mit Menschen, die seinem Herzen so nah waren.

Der Vormittag ging schnell vorbei und alle warteten

gespannt auf den Abend und die besondere Zeit, in der nicht nur die Familie zusammen kam, sondern auch der Gast, den Marc in diesem Jahr zum Mitfeiern einlud.

John kam festlich angezogen, etwas, was Marc bei ihm noch nie sehen durfte und seiner Seele enorme Freude bereitete.

„Herzlich Willkommen..fühlen sie sich wie zu Hause!" Marcs Mutter begrüßte ihn herzlich, in ihrem wunderschönen, schwarzen Abendkleid. Papas Anzug sah an diesem Abend auch nicht nach einem Arztkittel, den er so gut wie immer zu tragen gewohnt war, aus.

Im Wohnzimmer wartete auf alle schon ein festlich gedeckter Tisch, an dem im Laufe des Abends viele interessante Gespräche stattfanden.

John bereicherte die ganze Familie mit einigen Geschichten, über Menschen die von ihrem Weg abgekommen waren und über die, die durch eine „unsichtbare Hand" dem Unglück entkommen konnten.

„Hast du nach so vielen Dienstjahren als Polizist nicht deine Hoffnung an Gott und die Welt verloren?", fragte Marc während einer, von Johns erzählten Geschichten.

John wurde nachdenklich und sagte dazu:

„Die wichtigste Frage, die sich alle Menschen jemals stellen werden, ist: Wie kann es einen allgegenwärtigen Gott geben, der immer bei mir ist, wenn ich mich so hilflos und einsam fühle? Die Frage ist falsch. Es müsste richtig heißen: Wie kann es einen allmächtigen Gott geben, der immer für mich da ist und ich merke es nicht? Denke immer an dieses Detail: Auf diese Frage gibt es eine Antwort.

Die Menschen haben die erste Frage auf den Kopf gestellt. Daher können sie keine zufriedenstellende Antwort finden. Die Frage ist nicht, ob es Gott gibt oder nicht, sondern warum du ihn nicht fühlst oder warum du nicht überrascht bist, dass du ihn nicht fühlst. Wenn du eine falsche Frage stellst, beschuldigst du Gott.

Es geht um etwas ganz anderes. Du baust eine Mauer zwischen dir und der Energiequelle, die dort bleibt, bis du selbst feststellst, dass deine Sichtweise falsch ist. Deine innere Stimme ist die leise Stimme Gottes in dir, die dich immer fühlen lässt, was zu tun ist,...und wenn du dich einmal verlaufen hast, wie du den Weg zu Licht und Liebe, wiederfindest.

In der Praxis ist es so, dass niemand uns etwas davon erzählt.Wir werden bestraft und sollen grundsätzlich Angst haben. Niemand versucht uns zu erklären, warum etwas passiert ist und wie du etwas wieder gutmachen kannst. Die meisten sehen Gott, der für das ganze Übel verantwortlich zu sein scheint, In Wirklichkeit sind es die Menschen, die selber den Faden zu Gott verloren haben und dadurch anderen Leid zufügen"

Es waren sehr weise Worte, die John so noch nie ausgesprochen hatte, während der gemeinsamen Zeit am Charles River. Auch Marcs Eltern fühlten sich durch seinen Besuch sehr in ihrer Arbeit und ihren Ansichten gestärkt.

Ein frischer Wind ging durch die Herzen und machte diesen Abend zu einer gesegneten Zeit für sie alle.

Kapitel 10
Jahreswende, Lebenswende

Die Weihnachtstage gingen schnell vorbei. Mit einem gestärkten Geist und Freude im Herzen, stand Marc vor der Planung seines weiteren Aufenthaltes in Boston. Die Zeit seiner Abreise rückte immer näher und in seinem Kopf schwebten noch unzählige Ideen und Ziele, unter anderem der Ausflug nach Nashville, den Marc zusammen mit Amit plante.

Beide verabredeten sich für Silvester und wollten gemeinsam ins neue Jahr starten. „Eine gute Gelegenheit, um alles noch einmal zu besprechen", freute sich Marc.

Der letzte Tag des Jahres begrüßte alle mit kräftigem Frost und einem klaren Himmel, der sich im kalten Wasser des Charles Rivers, spiegelte.

Marc verbrachte diesen Tag in seinem kuscheligen Bett, das ihn an diesem Tag nicht loslassen wollte. Umgeben von vielen Teelichtern und mit einer warmen Tasse seines Lieblingskaffees in der Hand suchte er nach Hintergrundinformationen für die geplante Reise...zugleich nahm er sich vor, das neue Jahr mit seinen Großeltern in Liechtenstein zu begrüßen, die schon einige Stunden früher, das Glück haben werden.

Dank Internet, war dies ja kein Problem und Marc freute sich schon darauf. Seine Eltern waren beide im

Dienst und er freute sich desto mehr, dass er nicht nur mit der Familie in Europa „mitfeiern" durfte, sondern auch auf die Zeit mit Amit, der jeden Augenblick kommen sollte.

Amit kam etwas verspätet, da sein roter Geländewagen den Dienst verweigerte und ihn, sowie seinen Vater, einige Zeit beschäftigte.

Er versteckte sich in seiner winterlichen Kleidung, so dass der Schal und die dicke bunte Wintermütze gerade ein bisschen Platz für die dunklen, leuchtenden Augen übrig ließen. Diese zeigten sehnsüchtig auf Marcs rote Kaffeetasse, die er beim Begrüßen in der Hand hielt.

„Guten Morgen Marc, bist du bereit für First Night Boston?", fragte Amit noch in der Garderobe, während Marc in der Küche schon eine frische Tasse Kaffee für ihn zubereitete.

„First Night Boston", ist eine schon über vierzig Jahre alte Tradition. An diesem Tag finden in der ganzen Stadt verschiedene Veranstaltungen statt, in der zahlreiche Künstler ihr Können zeigen durften um so, ohne Alkohol, auf eine andere Art und Weise, das neue Jahr zu begrüßen.

Marc freute sich natürlich sehr auf einen etwas anderen „Rutsch" ins neue Jahr und erhoffte sich auch, dass an diesem Abend viel nette Musik zu hören sein wird, noch vor der geplanten Reise nach Tennessee.

Beide blieben noch den ganzen Nachmittag zu Hause um an einem leckeren Boston Cream Pie Kuchen, ihre Reise zu planen und letzte Fragen zu klären.

„Happy New Year", die drei meistgehörten Worte, machten diesen Abend zu einer nachdenklichen Reise, durch die Welt der Musik und Kunst, bei der beide den sanften Wind des neuen Jahres, im Gesicht spürten und zugleich die schnell vergangene Lebenszeit, die sich zusammen mit dem alten Jahr verabschiedete.

Marc nahm sich vor, den ersten Tag des neuen Jahres mit ein paar Vorsätzen anzufangen. Bis es soweit war, durfte er noch durch die frostigen, weißen Straßen von Boston ziehen, vorbei an vielen gut gelaunten Künstlern, magischen, in Eis geschnitzten Figuren sowie Essensständen, die seine Nase zu verführen versuchten.

Die Feuerwerkskörper am Hafen von Boston hießen das neue Jahr willkommen. Beide saßen kurz danach im Taxi, dessen gut gelaunter Fahrer, sie nach Hause brachte.

Es war bereits Mittag, als Marc seine Augen öffnete und die leisen Geräusche aus dem Erdgeschoss des Hauses, hörte. Seine Eltern waren bereits aus dem Dienst zurück. Marc sprang schnell aus dem Bett und ging in die warme Küche hinunter, in der sie noch schnell frühstücken wollten. Für beide war der Tag gleich zu Ende: Zeit zum Ausschlafen.

„Ich hoffe, du bist gut ins neue Jahr gerutscht", sagte seine Mutter, in deren Augen, sich noch die Geschehnisse des letzten Nachtdienstes, widerspiegelten.

„Amit sorgt immer für gute Laune und viel Musik", antwortete er und küsste liebevoll ihre Stirn.

„Irgendwelche Pläne?", fragte sie und hob ihre müden Augen.

„Wie immer am ersten Tag des Jahres, werde ich über mein Leben und die vergangene Zeit nachdenken. Zusammen mit Amit haben wir bereits alles für die Reise nach Nashville geplant und werden in einer Woche aufbrechen", antwortete er mit freudiger Stimme.

„Ich wünsche dir von Herzen eine schöne Zeit dort. Gerne wäre ich dabei, aber es ist im Moment noch nicht möglich", fügte sie nachdenklich dazu.

„Danke Mama, ich freue mich auch schon sehr auf unseren Ausflug, bevor es zurück nach Hause geht"

Marc nahm sich noch eine Tasse Kaffee mit und ging langsam die Treppe hoch, in sein Zimmer zurück, in dem schon Durcheinander herrschte und Reisefieber zu spüren war.

In all dem versuchte er seine Gedanken zusammen zu finden und alle Vorsätze niederzuschreiben, noch bevor sie sich auf den Weg ins gelobte Land des Vergessens machen würden.

„Vorsätze und Ziele", schwebte es in Marcs Kopf herum, während er seine Koffer für die geplante Reise zu packen begann. In seinem Handgepäck fand er Alons Handnotizen wieder.

Ein Durchblättern lohnte sich auch dieses Mal. Auf einer der Seiten fand er etwas, was zum heutigen Neujahrstag, ganz gut passte und äußerst inspirierend war:

„Denke zuerst über deine Ziele nach. Die Menschen beschweren sich ständig über Gott und über das Leben. Sie sind überzeugt, dass alles anders läuft, als sie es sich vorgestellt haben. Die Dinge gehen zu langsam, zu mühsam. Sie denken, dass sie weiter von ihrem Ziel entfernt sind, als dass sie darauf zukommen.

Es ist jedoch normal für ihr Leben und ihre Entwicklung, dass sie verschiedene Phasen durchlaufen, in denen sie testen müssen, ob sie auf dem richtigen Weg sind. Einige zweifeln jedoch so oft und so intensiv, dass sie sich fragen sollten, was mit ihnen, ihrem Weg oder ihrer Entwicklung geschieht.

Setze dich an einen ruhigen Ort, beispielsweise auf eine einsame Bank in einem Park, und frage dich, ob du weißt, was du willst oder wonach du suchst. Das Ziel muss klar definiert sein, um es überhaupt erreichen zu können. Du musst dich entscheiden, dass du es willst. Wenn du diese beiden Voraussetzungen nicht erfüllst, sind all deine Bemühungen auf lange Sicht bedeutungslos und wertlos, da du nicht die Energie aufbauen kannst, die du zur Erreichung deines Zieles benötigst.

Oder mit anderen Worten: Wie kannst du für eine Reise packen wollen, wenn du weder weißt, wohin du gehen sollst, noch wie lange, welchen Weg, welches Wetter du erwarten sollst und schließlich überhaupt dorthin willst? Setze dir ein Ziel, treffe eine fundierte Entscheidung. Nur dann kann die Kraft der SCHÖP-FUNG dich mit der Kraft und Belastbarkeit segnen, die du auf deinem Weg benötigst und dir helfen, deinem Ziel näher zu kommen"

Mit diesem Gedanken ging das Zusammenpacken zügig voran und am Abend konnte Marc seinem Freund Amit mit großer Freude melden: „Ready for Take off"

Das neue Jahr war bereits ein paar Tage jung. Beide waren an ihrem Reisetag gut gelaunt und sehr glücklich. Für Marc war der Besuch in Nashville ein Ausflug zu den Wurzeln seiner Lieblingsmusik und für Amit eine Auszeit, die er sich dort erhoffte.

Sein Jeansanzug und die Cowboystiefel passten ganz gut zum Klima und waren ein richtiger Hingucker, auf dem über zweistündigen Flug, ins Herz von Tennessee.

Das Flugzeug surfte sanft auf den Wolken. Amit bewegte sich rhythmisch auf seinem Sitzplatz, während seine großen blauen Kopfhörer, an seinen Ohren klebten.

Marc hatte einen Fensterplatz und mit ihm auch, einen wunderschönen Ausblick in die Ferne, die wie immer, zum Nachdenken anregte.

Eine Perspektive die bewusst machte, wie allmächtig die Kraft ist, die alles erschuf und wie klein wir Menschen mit unseren Problemen in Wirklichkeit sind.

Hier oben, weit vom kollektiven Bewusstsein entfernt, fühlte er sich dem Schöpfer besonders nah und alle Fragen seines Herzens, schienen in diesem Moment, beantwortet zu sein. Ein einmaliges Erlebnis, das ihn bis zu der Landung in Nashville begleitete.

Am Flughafen setzte sich ihre gute Laune fort. Ein freundlicher Mitarbeiter der Autovermietung begrüßte die Beiden in der Abflughalle und Amits Wunsch wurde Wirklichkeit.

Ein schwarzer Geländewagen wartete auf dem Parkplatz und nach ein paar Formalitäten konnte die Reise fortgesetzt werden.

Amit fuhr ziemlich schnell aber sicher. Marc bewunderte den Cumberland River, der sie bis ins Stadtinnere begleitete. Vorbei am Eisenbahnmuseum ging es weiter entlang der Broadway Avenue. Dort entschieden sich beide, eine Essenspause zu machen und der Stadt einen guten Abend zu wünschen.

„Der erste Abend in Nashville...wie herrlich...wow!" Amit schrie vor Freude und machte einen kleinen Tanz, mitten auf dem Gehsteig, wo zahlreiche Passanten, ihm zujubelten. Marcs Laune hielt sich in Grenzen, sein Hunger war viel stärker als die Begeisterung, an diesem wunderschönen Ort zu sein. Beide blieben kurz vorm Eingang des Johnny Cash Museums stehen.

Das Gebäude, mit seiner Bauweise, erinnerte Marc wieder an die Zeit in England, nur das Wetter und die Menschen hier, verbreiteten eine herzlichere, positivere Energie und auch Herr Cash, der aus dem großen, in der Museumsvitrine hängenden Bild schaute, hieß sie herzlich Willkommen.

„Wer die beste Barbecue-Soße im Land kosten möchte, ist hier genau richtig!" Amit schien die kulinarischen Geheimnisse der Region genauso gut zu kennen, wie die Musik, die nirgendwo so präsent war, wie an diesem Abend in Nashville.

Marc liebte Musik und der Aufenthalt an diesem Ort, tat ihm sehr gut. Der Blick auf die Straße war für ihn, wie ein kurzer Ausflug in das Buch des Lebens, in dem ein unbekannter Autor all die menschlichen Schicksale, niedergeschrieben hatte. Während Amit noch vor dem Nachtisch mit seiner Familie telefonierte, suchte Marc in der Lokalzeitung nach einem vielversprechenden Musikgeschäft.

Lauwarmer Wind und die allgegenwärtige Musik begleitete sie auf dem Weg zum Auto, das Amit auf der anderen Straßenseite geparkt hatte.

Das blau-rote Licht eines Streifenwagens ließ nichts Gutes vermuten. Marc fühlte schon den Ärger in der Luft. Ihr Wagen stand im Halteverbot und blockierte eine wichtige Ausfahrt.

Der Hausbesitzer, weit von Gelassenheit entfernt, unterhielt sich lebhaft mit einem Polizist, der offensichtlich auf einen Abschleppwagen wartete.

Marc und Amit eilten zum Wagen. Dort angekommen, versuchte Amit die Lage etwas zu entspannen. „Keine leichte Aufgabe", dachte sich Marc, während sein Freund dem brüllenden Mann zuhören musste, der seine ganze Lebenswut an ihm herauszulassen versuchte.

„Sie sind nicht von hier", warf Marc dazwischen.

„Es geht sie nichts an!", schrie der aufgeregte Mann zurück.

„Natürlich nicht...jemand der mit Country aufgewachsen ist, kann nicht so viel Wut in sich tragen", Marc ließ nicht locker.

„Wissen sie, was es bedeutet, viel zu streiten?", setzte er fort.

Der Mann schien etwas ruhiger zu werden, seine Augen aufmerksamer.

„Es bedeutet, dass sie nicht mit sich selbst fertig werden können. Wer viel argumentiert, sollte sich ständig fragen, was er falsch macht. Es gibt Menschen, die kaum wissen, wie man sich anders verhält: Entweder sie streiten sich oder sie lassen alles mit sich machen. Beide Wege sind falsch.

Ziel ist es, in perfekter Harmonie mit sich selbst und der Umwelt zu leben. Dies ist kein Traum, sondern eine echte Möglichkeit, wenn sie versuchen, ihre Wünsche, insbesondere die Unbewussten, einzudämmen.

Wenn sie in einen Streit geraten, verwenden sie die Situation daher nicht, um jemand anderem etwas zu beweisen, sondern als Hinweis darauf, dass es noch viel zu beachten gibt. Das Ziel ist, dass sie sich in Liebe und Frieden mit anderen verbinden. Dass sie mit unerschütterlicher Freundlichkeit erklären können, was sie wollen oder nicht. Und auch, dass sie sicher wissen, dass sie eine solche Position halten können. Freundlich.

Unhöflichkeit schafft Reibung und Reibung ist Energieverschwendung.

Auf der anderen Seite ist Freundlichkeit Öl, ohne dieses nach einiger Zeit alles stehen bleibt. Sie sind im Ozean der Energie, sie sind selbst Energie. Jede Bewegung, die sie in diesem Ozean machen, bewirkt, dass die Energie anders um sie herum fließt. Benutzen sie diese, kämpfen sie nicht dagegen an!"

Nach diesen Worten, fing der streitsüchtige Mann plötzlich an zu weinen und setzte sich auf die Motorhaube des Streifenwagens.

David, so hieß der Mann, kam aus Arizona und lebte zusammen mit seiner Frau und Sohn seit zwei Jahren in Nashville. Sein Sohn war gesundheitlich beeinträchtigt, was ihm viele Sorgen bereitete und innere Unruhe brachte.

David zog ein Bild aus seinem Geldbeutel und gab es mit zitternder Hand Marc.

„Ben ist ein Held. Er ist ein toller Junge...und hat schon so viel erreicht", sagte er mit stolzer Stimme dazu.

Marc schaute sich das Foto an und wurde nachdenklich. Seine innere Stimme sagte ihm, dass alles sich zum Guten wendet und auch sein Sohn Ben noch glücklich sein wird, wenn er mit seiner Geschichte an die

Menschen geht und so gab er es David weiter.

Der Polizist, der zu diesem Fall gerufen wurde, freute sich über die mittlerweile entspannte Lage und setzte seinen Dienst fort.

Marc und Amit wollten nur noch ins Bett. David erklärte sich bereit, die Beiden nach East Nashville zu lotsen, in dem ein Ferienhaus auf sie wartete.

Der Weg dorthin führte über eine breite Schnellstraße, die einer Autobahn ähnelte. Aus dem Downtown raus ging es durch eine Grünanlage, bis in eine wunderschöne, ruhige Gegend an einem kleinen See, an dem auf beide das niedliche, orangene Haus wartete, das für die nächsten Tage ihr Zuhause sein sollte.

Eine massive Holztreppe, die an der Seite des Hauses angebracht war, zeigte den Weg in den Schlafraum. Das recht spartanisch eingerichtete Zimmer bot das Wichtigste zum Überleben und war für Marcs Gefühl ein perfekter Erholungsort, nach den geplanten Ausflügen in die bunte Musikwelt des Downtowns.

Der milde Abend gab beiden noch eine letzte, kurze Möglichkeit, den ersten Tag in Nashville zu reflektieren und die nächsten Ausflugsziele zu planen. Es gab dafür keinen besseren Ort, als der Innenhof des Hauses, mit einem feinen, runden Tisch unter dem ebenfalls orangenen Sonnenschirm.

Amit schlief die Nacht sehr unruhig, wodurch Marc sehr früh wach wurde, noch bevor die Stadt zum Leben erwachte und mit ihr, eine rote Kaffeemaschine, die Marc eine frische Tasse Latte spendierte.

Er machte leise die Wohnungstür auf und ging die Treppe hinunter. Der Innenhof schien sein Lieblingsort zu werden, an dem er jetzt alleine mit seinen Gedanken sein durfte. Von der in Nashville aufgehenden Sonne begrüßt zu werden, war heute sein größter Wunsch und die Chancen dafür standen gut.

Nach ein paar Augenblicken war es soweit. Marcs Gesicht nahm die ersten Sonnenstrahlen wahr, die sich vor kurzem noch hinter dem Horizont versteckt hatten.

Als er anfing, das vor dem Haus geparkte Leihauto umzuräumen, hörte er schon Amit kommen, der mit einer Radioanlage für gute Morgenstimmung sorgen wollte.

„Hallo Marc, alles gut? Wie war deine Nacht?" Amit versuchte sich bei Laune zu halten.

„Du hast mich nicht schlafen lassen..", antwortete er grinsend.

„Ich muss dir etwas Seltsames erzählen. Ich habe komisch geträumt..." Amits Aussage machte Marc neugierig.

Er ließ alles im Auto liegen und ging zu Amit hin, der bereits das Frühstück richtete.

„Ich habe von meinem Vater geträumt. Er war an einem Ort, auf einer Art grünen Wiese und lächelte mich glücklich an. Ich fragte ihn, was er dort macht. Mein Vater antwortete, er ist auf einer Reise, aber wir werden uns wiedersehen", erzählte Amit mit ernster Stimme.

Marc kannte solche Träume aus den Erzählungen seiner Eltern.

„Was hat das zu bedeuten?", fragte sich Marc. Nach langem Überlegen versuchte er, Amit die Angst zu nehmen.

„Sicherlich hast du einfach nur schlecht geschlafen. Die erste Nacht in Nashville hat dich ein wenig durcheinander gebracht. Wir frühstücken jetzt und fahren dann ins Zentrum!", antwortete er Amit, als wäre nichts passiert.

Amits Laune wurde nicht besser, was Marc ein wenig beunruhigte.

Im Innenhof schien schon richtig die Morgensonne und der warme Wind machte sich breit. Ein perfekter Tag für einen Ausflug in die Welt der Live-Musik bahnte sich an.

Marc machte den Motor an und wartete schon neugierig auf Amit, der mit dem Geschirr in der Küche verschwand und ewig nicht zurückkam.

Nach einigen Minuten hatte sich das Warten gelohnt. Amit kam mit noch schlechterer Laune aus dem Haus. In seiner rechten Hand sah Marc, den Reisekoffer mit dem er nach Nashville kam.

„Du bringst mich zum Flughafen. Ich muss zurück nach Boston",sagte er weinend.

Für Marc brach in diesem Moment die Welt zusammen.

„Ich habe mit Desna telefoniert. Mein Vater ist heute Nacht plötzlich verstorben. Mehr habe ich nicht erfahren. Komm, lass uns fahren. Du bleibst bitte hier...es war für dich wichtig, hierher zu kommen und mein Herz sagt mir, du sollst in Nashville bleiben", fügte er hinzu.

Beide fuhren die breite Landstraße zurück, am Zentrum vorbei, Richtung Flughafen.

Amit konnte während der Fahrt gerade noch einen Flug buchen, der für den späteren Nachmittag über Chicago nach Boston gehen sollte.

Marc kämpfte die ganze Zeit mit seinen Gedanken. Am Besten wäre er mit geflogen, um seinen Freund in dieser besonderen Zeit zu begleiten.

Er wollte aber ausdrücklich, dass Marc hier blieb und

auch Marc erinnerte sich in diesem Moment, an die Worte des bärtigen Mannes, auf dem Flug von Zürich.

„Alles ist anders als geplant", dachte Marc, als er das Flughafengebäude verließ.

„Marc allein in Nashville", klang es in seinem Kopf, fast wie die Geschichte aus einem Film, den er vor Jahren im Fernsehen sah.

Ein Gewitter zog am Nachmittag durch die Stadt. Dunkle Wolken passten sich seiner momentanen Stimmung an. Dicke Regentropfen umhüllten Marcs Auto, das er direkt am Cumberland River parkte.

Die bunten Neonlichter der zahlreichen Musiklokalen gaben ein Stück Leben, dem in Regenströmen badenden Nashville, frei.

Marc lief die John Seigenthaler Brücke hinunter, die bei diesem Wetter einer Wasserrutschbahn ähnelte. Seine Schuhe hingen über die Schulter, seine Füße genossen das angenehme Regenwasser, während sein Kopf im tiefen Gespräch mit der Seele zu sein schien.

Er setzte sich spontan auf eine der zahlreichen Sitzbänke, die alle wie lustige Kleinboote ausschauten.

„Wie passend...", sagte er leise. Seine Augen schauten in die Ferne. Sein Herz widmete sich einem Gebet für Amits verstorbenen Vater.

Marc erhoffte sich ein Zeichen, ein Hinweis seiner

Seele für die kommenden Tage, die er wohl alleine hier verbringen würde.

Das Gewitter machte nun doch einen großen Bogen um die Stadtmitte und die ersten Sonnenstrahlen spiegelten sich in einer Regenpfütze direkt vor der Sitzbank.

Plötzlich tauchte eine Gruppe Musiker auf. Auf einem ihrer Koffern entdeckte Marc einen großen, gelben Aufkleber auf dem „Love is the music for your life! Gromes" drauf stand. Auf einem anderen „In God we trust"

Eine klare Botschaft, die ihm an diesem traurigen Tag viel Hoffnung machte.

Marc zog seine Schuhe wieder an und machte sich auf den Weg zurück zum vor kurzem noch gemeinsamen Leihfahrzeug, das am Fluss auf ihn wartete.

Das Ferienhäuschen in East Nashville war nur ein Katzensprung von hier entfernt.

„Auf das Navi kann man sich immer verlassen", dachte er und startete den Motor mit dem zugleich die Musik aus dem Radio ertönte.

Die Motivation zurück zu seiner Unterkunft zu fahren, hielt sich in Grenzen, Marc fuhr langsam durch die kleinen Straßen des East Nashville, weit von der Schnellstraße entfernt, die ihn heute früh zum Flughafen geführt hatte.

Sein leerer Magen machte ihn immer wieder auf die zahlreichen Speiselokale aufmerksam, die ein leckeres Essen versprachen.

Er stellte sein Auto in einer Nebenstraße ab.

Ein rot-gelbes Gebäude zwinkerte ihm zu und machte mit einem leckeren Duft seine Nase neugierig.

Die Bestellung ging schnell, aber das Essen ließ auf sich warten. So nutzte er die Zeit um in einer lokalen Zeitung zu blättern.

„Verzeihung, können sie mir bitte 10 Dollar geben?", eine raue Raucherstimme versteckte sich hinter der Zeitung.

Langsam legte er die Zeitung ab. Zwei blaue, müde Augen schauten ihn leidend an.

Der ältere Herr gegenüber schien schon lange unterwegs zu sein.

In seinen zwei großen Tüten verbargen sich lauter Schätze, die er offensichtlich auf seiner „Reise" gesammelt hatte.

„Sie lieben Musik nicht wahr?", fragte Marc, als er seinen Blick auf eine der Tüten warf.

„Wie kommen sie darauf?", antwortete sein Tischgast.

„Wissen sie, es ist schon sehr interessant. So eine

„Gromes" Tasche habe ich heute schon einmal auf der Seigenthaler Brücke gesehen"

Der Herr grinste freundlich.

„Kein Wunder Junge, „Gromes" kennt in Nashville jeder!" „Wie heißt du denn?"

„Ich bin Marc, komme aus Liechtenstein", antwortete er erwartungsvoll.

„Ich freue mich Marc. Du kannst mich John nennen. Was treibt dich in diese Gegend?" „Ich bin mit meinem Freund wegen unserer Liebe zur Musik hier. Leider musste er heute zurück nach Boston"

„Bitte schön, guten Appetit", eine nette Damenstimme unterbrach das Gespräch. Marcs Essen war fertig und sein Hunger groß.

„Ach ja, hier sind die 10 Dollar" Marc zog einen Schein aus seiner Hosentasche und gab ihn John, der mit seinen Augen bereits den Inhalt der Tüte aufzuessen versuchte.

John nahm den Geldschein, bedankte sich herzlich und ging mit seinen zwei Taschen an eine der zahlreichen Bestellstationen.

Marc nahm das Essen und ging zu seinem, in der Nebenstraße geparkten, Auto zurück. Hier konnte er in aller Ruhe fertig essen und zugleich Amit schreiben, der bereits auf dem Weg nach Boston war.

Gerade mit dem Schreiben fertig, hörte er ein Klopfen an der Scheibe der Seitentür.

Zu seiner Überraschung stand John da.

„Ich dachte nicht, dass sie so schnell fertig werden, Marc"

„Im Restaurant war für mich zu viel los, außerdem mag ich das Auto, irgendwie", antwortete er grinsend.

„Ich wollte mich bei dir für das Geld bedanken. Du hast es mir ohne zu zögern gegeben. Worte zeigen wie jemand gerne wäre, aber nur Taten zeigen, wie ein Mensch wirklich ist", fügte er hinzu.

„Marc, wenn du für mich ein bisschen Zeit übrig hast, werde ich dir zeigen, wo „Gromes" Laden ist. Es ist nur ein paar hundert Meter von hier entfernt", die fragenden Augen des Mannes warteten neugierig auf seine Antwort.

Die unerwartete Einladung machte ihn für ein paar Augenblicke sprachlos.

„Gerne, gerne John, ich bin sowieso ein wenig planlos, seitdem Amit zurück nach Boston musste"

Marc bekam richtig gute Laune und freute sich innerlich über Johns Angebot.

Beide gingen langsamen Schrittes los.

Nach einigen Minuten Spaziergang, durch die ruhige

Gegend der Trinity Lane, erreichten sie ihr Ziel.

„Es war nett sie kennengelernt zu haben, Marc. Genießen sie die Welt der besten Musik in Nashville", John schüttelte seine Hand und überreichte ihm noch eine alte Postkarte, die Marc gleich in seinen Rucksack steckte.

Die Sonne machte ihm ein bisschen zu schaffen. Er setzte sich auf eine Wiese vor dem Laden und zog aus einer Nebentasche die letzte Flasche Mineralwasser heraus.

Laut dem Parkplatzaushang machte „Gromes" gerade eine Mittagspause.

Marc nutzte die Zeit, um nochmal nach der Postkarte zu schauen, die ihm John in die Hand gedrückt hatte. Der Mann da drauf schaute John, in seinen besten Jahren, ähnlich. Auf der Rückseite stand ein kurzer, in Handschrift verfasster Text über das Geld:

„In dieser Welt ist Geld notwendig. Du sollst jedoch nur so viel Geld haben, wie du benötigst, um deine wichtigsten Bedürfnisse zu erfüllen. Du sollst auch Geld haben, um anderen zu helfen. Das Beste, was du mit dem Geld machen kannst, ist andere glücklich zu machen. Natürlich sollst du dich auch glücklich machen können. Aber hüte dich vor zu viel Geld. Es kann dich schnell stolz und gefühllos machen. Darüber hinaus verursacht viel Geld viel Ärger. Lebe in

Einfachheit. Genieße die kleinen Dinge.

Halte deine Augen und Ohren immer offen für die Schönheit der Natur. Entwickle deine Liebe zu anderen. Du wirst dann genug Spaß haben, der nichts kostet.

Geld ist eine enorme Illusion, die dir Glück verspricht. Glaube mir, Geld bringt überhaupt kein Glück, sonst könnten völlig arme Menschen nicht glücklich sein.

Hüte dich vor den falschen Illusionen, die Geld gibt. Halte dich an die spirituellen Lehren und vergesse nicht, dass alles Geld, einschließlich deines, der Schöpfung gehört. Wenn du dir diesen Rat zu Herzen nimmst und die Urkraft des Universums um Hilfe bittest, wirst du im Umgang mit Geld Erfolg haben"

Marc fühlte sich in seiner Lebensphilosophie bestärkt und packte seine Sachen wieder ein. Auch die Pause bei „Gromes" schien vorbei zu sein. Der Parkplatz, vor dem Laden, füllte sich nach und nach mit Kundenautos.

Die „Gromes" Welt stand jetzt auch Marc offen.

Der Laden ähnelte einer Arche Noah, in der alles gesammelt wurde, was für die Welt der Musik wichtig war und unbedingt für die Zukunft aufbewahrt werden musste.

Schallplatten, CD´s und Kassetten von Künstlern über die Europa noch nie etwas gehört hatte, warteten in massiven Holzregalen auf Ihre Liebhaber und Menschen, die die Geschichte der Musik neu entdecken wollten.

Marc war überwältigt von dem Ambiente und setzte sich zuerst in eine Ecke mit Cowboyhüten, die hier auch reichlich angeboten wurden, hin.

Er probierte ein paar davon an und bekam gleich das Gefühl, richtig angekommen zu sein.

„Kann ich Dir irgendwie helfen?", erreichte ihn eine sanfte Damenstimme, während er in Gedanken, immer noch durch den Wilden Westen ritt.

Marc hob seinen Kopf und spürte in diesem Moment eine Energiewelle, die ihn in eine Art perfekte Harmonie und Ruhe versetzte.

Zwei große, dunkle Augen schauten ihn interessiert an, als hätten sie alles über ihn wissen wollen. Hier und jetzt.

„Sind sie von hier, oder machen sie gerade eine Zeitreise?", grinsend gab er eine fragende Antwort.

„Was,was,was...was geht in deinem Kopf vor?" Ihr Zeigefinger kreiste in der Luft und landete schließlich auf seiner Stirn.

Marc bekam ein unerklärliches Gefühl, in einer anderen Zeitepoche zu sein und diese Dame schon einmal getroffen zu haben.

„Es tut mir Leid, ich habe den Eindruck, sie schon ewig zu kennen... das kann aber natürlich nicht sein. Ich bin in Nashville erst seit zwei Tagen und in Amerika auch nicht viel länger"

Ihre mit Wissenshunger erfüllten Augen wurden noch größer.

„Was bringt dich hierher?", fragte sie neugierig.

„Die Musik. Ich und mein Freund Amit sind hierher aus Boston gekommen. Leider musste er aus familiären Gründen zurück. Ich bin gerade dabei, einen Notplan für meinen Aufenthalt in Nashville zu erstellen. Wir haben nur ein paar Tage geplant gehabt"

„Morgen am Johnny Cash Museum...um acht...es war mir eine Freude, dich kennengelernt zu haben...wie heißt du überhaupt?"

„Ich heiße Marc...Danke, ich werde da sein", antwortete er etwas überrascht.

„Ich bin Katja....dann bis morgen Marc, ich freue mich schon, muss jetzt aber etwas essen und mich um die Kunden kümmern",warf sie noch in den Raum und verschwand hinter den großen Schallplattenregalen.

Marc genoss noch eine Weile die etwas andere Welt

der Musik und den amerikanischen Duft der zwanziger Jahre, den sie im Raum hinterließ.

Nach einem ereignisreichen Tag kam er in Regenströmen heim und nutzte die Stille des leeren Ferienhauses zum Ausruhen. Mit einem Buch in der Hand schlief er ein.

Ein durch das Küchenfenster leise schleichender warmer Wind, weckte Marc an diesem neuen Morgen und ließ dem Wecker keine Chance mehr.

Es war schon spät und er war ja mit Katja am Museum verabredet. Marc war immer pünktlich in seinem Leben und auch dieses Mal sollte es nicht anders sein. Er nahm sein Frühstück mit ins Auto, um rechtzeitig im Stadtzentrum zu sein. Die Schnellstraße ins Zentrum erfreute mit wenig Verkehr und die Chancen für ein pünktliches Ankommen standen gut.

Vor dem Museum versammelten sich bereits viele Menschen, unter denen entdeckte er, die ihm bekannten dunklen Augen, in der sich eine geheimnisvolle Welt versteckte.

„Guten Morgen, schön dich zu sehen Marc, alles gut?", ihre Hand strich seinen Rücken.

Katja schien gute Laune zu haben, die sich in ihren strahlenden Augen wider spiegelte.

„Guten Morgen Katja, mir geht es gut, freue mich

über unseren Ausflug. Ich und Amit sind hier schon vorbeigelaufen", antwortete er, während in seinem Inneren sich Neugier und Freude zugleich breitmachten.

„Johnny Cash und seine Musik, sind ein wichtiger Teil meines Lebens. Ich bin gerne hier, immer wenn ich in Nashville bin"

„Lass uns reingehen!" Katja machte schwungvoll die Eingangstür des Museums auf. Beide betraten die Welt der großen Musik, die Johnny dort hinterlassen hatte.

Sie zogen durch die Räumlichkeiten, zwischen den Lebensstationen, des einfachen Menschen, der aus dem Herzen heraus Musikgeschichte geschrieben hat.

Jede herausgebrachte Platte, hatte hier einen besonderen Platz...zum Anhören, Anschauen und zum Anfassen, aber das Wichtigste war mit dem Herzen wahrzunehmen.

Katja stand stolz vor einer Wand, die voll mit seinen Werken war und winkte Marc grinsend zu, während er sich wieder einmal wichtige Fragen des Lebens stellte.

„In wie vielen geistigen Koffern brachte Johnny all die Musik in diese Welt mit?", schwebte es durch seinen Kopf.

Das Museum bereicherte Marcs Wissen und brachte

den Beiden eine schöne gemeinsame Zeit.

„Ein saftiger Burger mit Pommes", kam es ihr plötzlich wie ein Blitz vom Himmel. Marc schaute sich um, auf der Suche nach einer Möglichkeit zum Mittagessen. Es war aber weit und breit nichts zu sehen.

„Hätte so Lust darauf..", fügte sie hinzu.

Ein wichtiger Punkt des heutigen Ausfluges war Hendersonville, Johnnys letzte Ruhestätte, die auf dem Weg nach Kentucky, abseits von Nashville, lag.

In dem Vorort machten sie die lang erwartete Pause und gönnten sich etwas zum Essen und vor allem auch etwas zum Trinken, denn der Tag zeigte sich richtig sommerlich, obwohl hier gerade Frühlingsanfang herrschte.

Ein gelbes Holzhaus in dem eine Fast Food Kette zuhause war, begrüßte sie mit ebenfalls bunten Fenstern, auf deren Bänken viele Blumen in den ersten Sonnenstrahlen badeten.

„Glaubst du, die Blumen können fühlen?", fragte er, während Katja sie gefühlvoll streichelte.

„Aber natürlich. Alles von Gott erschaffene besitzt ein Bewusstsein. In unserem Haus in Lafayette gibt es viele Blumen, mit denen meine Mutter immer wieder eine Art Unterhaltung führt", sagte sie überzeugt.

Katja holte dann beiden ihr Lieblingsmenü, während

Marc die große Ladefläche des Geländewagens, zu einem gemütlichen Picknickort umbaute, mit einem kleinen Tisch und einem großen roten Sonnenschirm an der Seite.

„Also du kommst aus Louisiana?" Marc setzte seinen frisch erworbenen Cowboyhut auf und schaute Katja mit fragenden Augen, an.

„Ich bin ein Cajun. Wir sind kanadische Franzosen, die von langer Zeit nach Louisiana kamen"

„Das klingt spannend, du musst mir unbedingt mehr davon erzählen" Marc wurde neugierig.

„In drei Wochen fahre ich nach Lafayette zurück. Ich habe schon Heimweh, weil ich die letzten paar Monate in Nashville verbracht habe.

Es war eine schöne Zeit, aber ich mag gerne unser Essen und unsere genauso schöne Musik. Wir sind eben Cajun :) ", erzählte sie stolz.

„Aber mein Cowboy...wir werden erst Johnny besuchen...lass uns fahren" Sie sprang von der Ladefläche herunter und ging nochmal in das Fast-Food Restaurant hinein.

„Hey Cowboy...ich habe uns etwas zum Trinken mitgenommen!", sie hob ihre beiden Hände hoch, die zwei große Erfrischungsgetränke trugen.

Marc packte, währenddessen alle Sachen ins Auto ein

und wartete bereits hinterm Steuer.

„Hendersonville...wir kommen!", hieß es und das Ziel war nur einige Minuten Fahrt entfernt.

Am Ort der Ruhestätte begrüßte sie eine Stille, die nur durch den, in den Bäumen tanzenden Wind hin und wieder unterbrochen wurde.

Auf einer großen, grünen Wiese lagen hunderte von kleinen Grabplatten mit Plastikblumensträußen. Johnnys Grab befand sich auf einem kleinen Hügel. Beide gingen schweigend hin und blieben, in Gedanken vertieft, stehen.

„Glaubst du an Gott?" Marc schaute in Katjas Augen, die sehr oft in ihren Gedanken versunken waren.

„Wir sagen zu ihm...zeige mir und ich werde glauben, während er zu uns spricht: Glaube mir und ich werde dir zeigen...wir suchen ihn dort draußen, während er in uns spricht" Katjas Hand lag auf ihrem Herzen.

„Aber Katja..das ganze Leid dieser Erde...warum?", fügte er hinzu.

„Die Menschen hören nicht auf diese Stimme und verstoßen gegen die Naturgesetze. Das wichtigste Gesetz ist in deinem Herzen. Brüderlichkeit statt Wettbewerb, ist die Antwort auf all unsere Sorgen. Alles, womit du auf die Welt kommst, wurde dir umsonst gegeben.

Setze deine Stärken und Talente für das Allgemeinwohl ein, nicht um zu manipulieren und zu beherrschen. Johnny ist nicht mehr hier, aber seine Musik lebt weiter und macht viele glücklich. Verlasse diese Welt in Frieden und Liebe. Es ist alles, was du mitnehmen darfst, wenn dein Weg hier zu Ende ist"

Ein starker Windstoß, verwehte Katjas Haar und nahm Marcs Cowboyhut gleich mit.

„Ein Zeichen zu gehen", sagte Katja mit ernster Stimme.

Marc wurde wie immer nachdenklich und fühlte sich vom Schicksal geehrt, hier und jetzt, an diesem besonderen Ort zu sein, dort wo die weltliche Musikgeschichte zu Ende ging, aber in den Herzen von vielen Menschen weiterlebte.

Beide machten noch einen langen Spaziergang und fuhren am späteren Nachmittag zurück nach Nashville, wo der gemeinsame, ereignisreiche Tag endete.

Kapitel 11

Der Weg der Liebe

Die Gespräche der letzten zwei Tage erfüllten Marc mit Liebe, Glück und Zuversicht für die Zukunft. Er nutzte die restliche Zeit in Nashville für die Planung seiner Rückkehr nach Europa.

Seine Eltern warteten schon in Boston auf ihn und auf die gemeinsamen Tage, die sie mit Marc noch verbringen durften, vor der Rückreise nach Liechtenstein.

Auch Amit freute sich auf ihn und die aus Nashville mitgebrachten Eindrücke.

Marc packte gemütlich seine Koffer und schaute danach in den Kühlschrank.

„Heute wird der Tag anders", meinte er und überlegte sich eine Zauberformel für sein Mittagessen, denn heute war er der Küchenchef und es durfte etwas aus der Heimat sein.

„Also Zmittag, gibt es Käsknöpfle mit Salat", hieß es und zum Glück fand er hier alles, was er für die Zubereitung brauchte.

Die Zwiebelringe badeten schon lustig, in der heißen Butter und auch der Salat war so gut wie fertig. Marc wartete zwischenzeitig noch auf die Bestätigung seines Fluges nach Boston.

Während er es sich schmecken ließ, klopfte es überraschend an die Tür. Erwartet hat er niemanden und es gingen tausend Gedanken durch seinen Kopf.

„Hallo mein Cowboy...hmm,. es riecht hier nach etwas ganz Exotischem!" Katjas nachdenklichen aber vor allem fröhlichen Augen begrüßten Marc nach dem Öffnen der Tür.

„Ich weiß, es überrascht dich, aber ich fliege morgen nach Hause und wollte dich noch sehen", sagte sie und nahm Marc in ihre Arme.

„Ich freue mich sehr, aber wie hast du mich gefunden?", staunte er.

„Für Gott gibt es nichts Unmögliches, wenn uns etwas bestimmt ist. Du hast bei unserem letzten Treffen eine Visitenkarte verloren, auf der die Adresse deines Appartements stand", antwortete sie grinsend.

„Bitte, komme herein, ich habe leider nicht viel gekocht, aber du darfst gerne probieren. Heute gibt es ein wenig Liechtensteinisches.

Es wird dir bestimmt schmecken. Ich finde es schon sehr interessant, denn ich fliege morgen auch wieder nach Boston" Marc versuchte, in dem ganzen eine Logik zu finden.

„Dann werden wir uns sicherlich morgen am Flughafen wiedersehen! Ich freue mich jetzt schon", sagte sie und probierte zugleich die leckeren Käsknöpfle.

Marc machte noch einen Kaffee und holte ein Stück Kuchen aus dem Kühlschrank. Beide setzten sich in den fast sommerlichen Garten, vor dem Haus.

„Hat es dir geschmeckt?", fragte er neugierig.

„Ja, lecker, ich habe so etwas noch nie probiert und dir fast alles weg gegessen", fügte sie hinzu.

Marc grinste sie an und freute sich sehr im Herzen, dass alles gut geschmeckt hatte. Kochen war schließlich nicht seine Stärke.

„Erzähle mir etwas von Lafayette" Marc nahm seinen Lieblingskaffee in die Hand.

Katja wurde nachdenklich und rieb ihre Stirn.

„Ich bin dort aufgewachsen, in einem weißen, alten Holzhaus, mit ganz vielen Fenstern und einer tollen Schaukel im Garten, in dem viele alte Bäume standen.

Als Kind hatte ich immer das Gefühl, zwischen ihnen gibt es eine Art Zeitportal, durch das man in die Zukunft blicken konnte"

„Hast du dort wirklich die Zukunft gesehen?" Marc wurde neugierig.

„Es ist komisch, aber ich glaube...ich habe dich gesehen...zumindest einen Cowboy. Er war kein Cajun. Um ihn herum flogen immer kleine und große Kugeln, Plasma-kugeln. Sie tanzten lustig, flogen zu mir und dann wieder zurück zu ihm"

„Mein Vater hat von diesem Haus geträumt und als er dort ankam, hat ihm sein Herz gesagt, dass er dort bleiben wird"

Marc schaute nachdenklich vor sich hin und versuchte sich an seinen Flug von Zürich nach Boston zu erinnern.

„Liebe Katja, mir ist etwas ähnliches passiert. Als ich nach Boston flog, saß neben mir ein Mann aus Malaysia... ich glaube er hieß Mori. Er sagte, ich werde noch viele Erkenntnisse sammeln und eine große Liebe finden, mit der ich nach Europa zurückkehren werde"

„Eine große Liebe für Musik...diese werde ich auf jeden Fall mit nach Liechtenstein nehmen", sagte er grinsend.

Nach dem gemeinsamen Nachtisch verließ Katja Marcs Appartement um sich auf ihre Reise vorzubereiten und um einige Sachen zu erledigen, die in Nashville noch auf sie warteten.

Am Abend erreichte Marc noch eine Nachricht von Alon. Er wünschte ihm eine nette Reise nach Boston und erhoffte sich, dass Marc bald wieder nach Europa kommen würde....

Der neue Tag begann mit leichtem Regen, dieser schien Marc immer auf Reisen begleiten zu wollen.

Ein freundliches Gespräch mit dem Apartmentbesitzer machte ihm ein wenig gute Laune und auch seine Reisekoffer fühlten sich dadurch leichter an.

Die inzwischen altbekannte Schnellstraße begleitete Marc bis zum Flughafen, an dem er nicht nur von Nashville Abschied nahm, sondern auch vom Geländewagen, mit dem er hier unterwegs gewesen war.

Ein Blick auf die Infotafel in der Abflughalle gab ihm ein gutes Gefühl, pünktlich in Boston anzukommen. Es fehlte nur noch Katja, der Marc noch alles Gute für ihre Reise nach Louisiana wünschen wollte. Ihr Flugzeug sollte laut Anzeige zwei Stunden später starten.

„Eine kleine Mahlzeit vor dem Flug ist keine schlechte Idee", flüsterte ihm der Magen zu, während er mit rollendem Gepäck zum Check-in ging.

Auf dem Weg begegneten ihm immer wieder Menschen mit einem leckeren Burger in der Hand und nach einer kurzen Anfrage saß Marc auch schon am Tisch vor dem Burgerladen.

Ein Blick auf sein Smartphone ließ wenig Hoffnung auf ein Wiedersehen mit Katja übrig. Sie meldete sich nicht zurück, obwohl die Nachrichten als gelesen markiert wurden.

Ein letzter Blick auf die tolle Musikstadt begleitete ihn bis zum Gate und der Gepäckabgabe.

„Ich hoffe, sie haben eine schöne Zeit in Nashville gehabt", eine freundliche Servicedame am Schalter schaute ihn mit einem Lächeln im Gesicht an, als hätte sie Marc schon lange erwartet.

„Haben sie ihre Reiseunterlagen und den Pass dabei?"

„Aber natürlich, bitte schön, hier ist alles", in seinen Gedanken vertieft, reichte er ihr einen kleinen Umschlag.

Die freundliche Dame am Schalter warf einen Blick auf die erste Seite seines Reisepasses und griff nach dem Telefonhörer. Ihr Gespräch dauerte gefühlt eine Ewigkeit und mit jedem Wort wuchs in Marc die Unruhe.

„Darf ich jetzt einchecken?", fragte er ungeduldig, nach dem die Dame ihr Gespräch beendet hatte.

„Es tut mir Leid...es gibt ein Problem. Sie dürfen nicht weiterfliegen. Bitte nehmen sie Platz.

Sie werden gleich von einem Flughafenmitarbeiter abgeholt" Sie gab Marc seine Reiseunterlagen zurück und zeigte mit der Hand auf eine leere Sitzbank nebenan.

Nach einigen Minuten kamen zwei uniformierte Männer auf ihn zu. Ihre gute Laune ließ ihn hoffen, dass alles nur ein Missverständnis war und er noch am Abend in Boston sein würde.

„Sind sie Marc?", fragte einer von den beiden Män-nern, die sehr behördlich ausschauten.

„Ja, der bin ich. Kann mir jemand sagen, was los ist?"

„Sie kommen bitte mit uns mit", die ernste Stimme ließ Marc keine andere Wahl übrig.

Auf wackeligen Beinen folgte er den beiden Männern, die einen Gang nahmen, der in die andere Abflughalle führte.

Am Ende der Halle sah er zwei Flugkapitäne, die ein großes Schild mit seinem Namen hochhielten.

Der links stehende, gut gebaute Mann reichte ihm zur Begrüßung seine Hand.

„Herzlich Willkommen, sind sie Marc?", fragte er und schaute zugleich grinsend zu einem der Männer, die Marc hierher begleitet hatten.

„Ja, der bin ich. Wissen sie, ich frage mich, ob es sich hier nicht um ein Missverständnis handelt. Ich sollte schon längst in meinem Flugzeug nach Boston sitzen", antwortete er leicht irritiert.

„Es ist kein Missverständnis. In solchen Fällen gibt es keine Missverständnisse", sagte der andere Flugkapi-tän, der im selben Augenblick, den Weg zu einem Gate zeigte, an dem das Boarding bereits abgeschlos-sen war.

„Kommen sie, wir haben keine Zeit mehr. Es gibt einen Menschen dort, dem es sehr wichtig ist, dass sie mitfliegen. Fragen sie nicht wer und wohin die Reise geht, lassen sie sich überraschen", fügte er hinzu.

Der etwas kräftige Pilot nahm Marcs Reisekoffer mit und übergab diese einem Servicemitarbeiter. Alle drei gingen dann zusammen durch den schmalen Gang, der ins Flugzeuginnere führte.

Marc war irritiert aber auch neugierig zugleich. Seine Rückreise nach Boston schien vorerst gestrichen zu sein.

Im Flugzeug warteten auf ihn noch drei nette Flugbegleiter, zwei Damen und ein Herr, der ihn in den hinteren Teil des Flugzeuges begleitete.

„Irgendjemanden scheinen sie sehr wichtig zu sein. Die ganze Crew war für sie unterwegs, aber.... wir haben es gerne gemacht und wünschen ihnen alles Gute und vor allem einen guten Flug mit uns", sagte der nette Flugbegleiter.

„Nehmen sie Platz Marc. Darf ich ihnen etwas zum Trinken anbieten?", fragte er und zog aus seiner Servicemappe einen roten Umschlag, den er Marc überreichte.

Marc war richtig aufgeregt, aber es war eine positive Aufregung. Er wusste immer noch nicht, was all die

Menschen mit ihm vorhatten und vor allem, wo die Reise hingehen würde.

„Wie heißen sie?", fragte er, den netten Flugbegleiter.

„Ich bin Trevis", antwortete der junge Mann.

„Danke für alles Trevis. Ich hätte gerne stilles Mineralwasser"

„Aber gerne, bin gleich wieder da" Trevis ging nach vorne und unterhielt sich zuerst lebhaft mit den anderen Crewmitgliedern.

Die anderen Mitreisenden saßen schon fast alle auf ihren Plätzen und bereiteten sich für den Flug nach....vor.

Marc wusste immer noch nicht wohin.

Nach ein paar Minuten kam der junge Trevis mit einer Flasche Mineralwasser in der Hand, zurück.

„Hier ist ihr Mineralwasser. Sie haben immer noch den Umschlag in der Hand. Wollen sie nicht reinschauen?"

Der schöne, rote, aus Edelpapier gemachte Umschlag trug handgemalte Bergblumen, die Marc beim Wandern in Liechtenstein immer wieder begegneten.

Jemand kannte ihn ganz gut und wollte ihm sicherlich eine große Freude damit machen.

„Wie im Himmel, so auf Erden...der Inhalt fühlt sich

genauso schön und liebevoll, wie die Verpackung an", ging es durch seinen Kopf.

Aus dem Umschlag zog er ein, in Form eines Buches gefaltetes, Blatt Papier, das einer Postkarte, ähnelte.

Marc klappte es vorsichtig auf. Große goldene Buchstaben bildeten dort den Satz, „Du bist mein Weg!"

Kaum war er mit Lesen fertig, fühlte er zwei Hände, die seine Augen zudeckten...und Lippen, die seine Stirn küssten.

„Katja!!!", schrie er vor Freude...und alle Fluggäste, samt Crew, begannen zu klatschen. „God bless you", kam aus jeder Ecke.

„Herzlich Willkommen an Bord meine Damen und Herren", ließ der Kapitän verkünden. „Sie befinden sich auf dem Flug Nr. UA1604 nach Lafayette. Mit am Bord, zwei tolle Menschen, die uns mit viel Liebe und mit positiven Gedanken begleitet werden. Crew, ready for take off", die Durchsage ging zu Ende und alle, gut gelaunt, bereiteten sich auf den Start vor.

Beide hielten sich in einer Umarmung, bis die kleine Maschine in der Luft war.

Katjas Augen strahlten vor Freude und auch Marc war glücklich und sprachlos. Seine Seele positiv überfordert. Auch diesmal zeigte ihm der große Geist des

Universums, dass seine Wege oft andere sind, als die der Menschen und dass das Wort „logisch" für ihn oft ein Fremdwort ist.

„Ich bin einfach sprachlos" Marc, schüttelte den Kopf, als wäre alles nur ein schöner Traum, aus dem er noch nicht erwacht war.

„So viele Menschen haben mitgewirkt, damit wir hier und jetzt zusammen sein dürfen...einzigartig", fügte er hinzu.

„Ja, mein Cowboy, das habe ich schon bei Gromes gefühlt" Katja hielt die große Postkarte vor ihren Augen.

„Du bist mein Weg!!!", wiederholte sie und schaute Marc mit ihren dunklen, glücklichen Augen an.

„Ich hoffe im Herzen, du bist mit meinem Tun nicht überfordert. Du warst auf dem Weg nach Boston, jetzt bist du hier bei mir" Katja schien ein schlechtes Gewissen zu haben.

„Darling, Es ist nicht wichtig, was du tust, viel wichtiger ist der Beweggrund deines Tuns" Marc wurde nachdenklich.

„Sei im Herzen, in Wahrheit mit dir und allem, was du tust. Dein Herz wird dir zeigen, wird dich fühlen lassen, was für dich ist und was keinen Platz in deinem Leben hat. Folge deiner inneren Empfindung. Deine Augen und Ohren können dich täuschen...dein inneres

Universum... nie. Wir sind hier um zu wachsen. Wir wollen durch Erfahrungen lernen und noch bewusster werden, wir wollen nicht daran krank werden und kaputt gehen"

„In etwas mehr als einer Stunde werden wir in Lafayette sein, deinem Zuhause. Jeder von uns hat ein Lafayette. Einen Ort, an dem er sich geborgen fühlt. Wir sind hier nur auf der Reise. Machen wir etwas schönes daraus, wofür wir uns in unserer Seele nicht schämen müssen, nach dem wir den Zielflughafen erreicht haben"

„My darling, feel you free...Lafayette, wir kommen!" Marc grinste sie an und bestellte bei Trevis einen leckeren Kaffee.

Kapitel 12

Home sweet home

Mildes Wetter begrüßte beide beim Ausstieg aus dem Flugzeug, das an dem kleinen Regionalflughafen seine „Zuflucht" fand. Das Klima hier war für Marc etwas Neues, was er weder in Liechtenstein noch in Boston bisher erleben durfte.

Eine fast tropische Luft trug einen Hauch des einzigartigen Klimas, der Südstaaten und des nur einen Katzensprung von hier entfernten New Orleans, das oft aufgrund seiner Form als Mondsichelstadt bezeichnet wird.

Katja fühlte sich richtig wohl und konnte kaum erwarten, ihre Eltern sehen zu dürfen.

Sie unterhielt sich einige Zeit mit ihnen am Telefon, während Marc bekanntlich nach etwas zum Essen suchte.

„Mein Vater ist schon unterwegs", ihre beiden Daumen zeigten nach oben und sie freute sich schon auf den Kaffee, den er gerade brachte.

„Ich habe leider nichts leckeres zum Essen gefunden", er reichte Katja einen warmen Becher intensiv duftenden Kaffee, der bei der Hitze vielleicht nicht der optimale Begleiter war.

„Wir werden sicherlich gut essen können. Meine Mutter liebt kochen", sagte sie mit Begeisterung in den Augen. Eine Begeisterung, die Marc immer wieder umwarf.

Nach einer halben Stunde, die sich wie eine Ewigkeit anfühlte, kam ein zierlicher, dunkeläugiger Mann, mit einem Strohhut auf dem Kopf, dem Katja in die Arme fiel. Beide umarmten sich herzlich und nach ein paar Augenblicken kam auch Marc in den Genuss einer Umarmung.

„Herzlich Willkommen in Acadiana. Sie sind bestimmt Marc!" Seine Augen lächelten und die gute Laune Falten um sie herum verrieten eine positive Lebenseinstellung.

„Ich freue mich, sie kennenlernen zu dürfen", erwiderte Marc.

„Ich bin Andre", fügte er hinzu und nahm gleich das Gepäck mit.

Auf dem Parkplatz vor dem Flughafen wartete ein Zweisitzer mit einer großen Ladefläche. Ein Fahrzeug, das Marc nur aus den amerikanischen Filmen der siebziger Jahre kannte.

Spätestens jetzt wurde allen klar, dass nicht alle dort drin Platz haben werden.

Eine schnelle Entscheidung und Marc machte es sich, samt den Koffern, auf der Ladefläche des Fahrzeugs bequem. Katja und Andre grinsten nur dazu.

„Spannend", ging es durch seinen Kopf und das Fahrzeug fuhr los.

Das Auto fuhr durch die kleinen Straßen von Lafayette, das in der Mitte einer herrlichen, sumpfigen Landschaft, mit zahlreichen Zypressenwäldern, lag.

Die Natur war hier unberührt und ganz nah, was in Marc ein Gefühl der tiefen Verbundenheit mit dem Schöpfer erweckte. Eine Landschaft die ihm so fremd aber im Herzen irgendwie auch ganz nah war.

Andre parkte den Oldtimer seitlich des Familienhauses, unter einem bedachten Abstellplatz, der noch einige bei der Gartenpflege nützlichen Gegenstände beherbergte.

Hinter dem weißen Holzhaus mit grünen Fensterläden versteckte sich der geheimnisvolle Garten, von dem Katja in Nashville erzählt hatte.

„Ivette, Ivette, deine Tochter ist wieder da!" Andres erste Worte erreichten Marc noch, bevor er aus dem Auto ausstieg.

„Sie hat auch einen Cowboy aus Europa mitgebracht, von dem sie uns schon immer erzählt hat"

Für Katjas Eltern war die Geschichte aus dem „magischen" Teil des Gartens wohl schon lange kein Geheimnis mehr.

Ivette, war eine fröhliche Dame mittleren Alters mit auffällig langen blonden Haaren, die an diesem Tag ihr rotes Kleid schmückten. Sie schaute Marc mit einem warmen aber auch durchdringendem Blick an.

„Fühle dich wie zuhause Marc. Wir haben viel von dir gehört. Ich hoffe, ihr habt eine gute Reise gehabt. Vor allem du, Liechtenstein ist nicht gleich ums Eck", sagte sie und nahm zugleich die Koffer der beiden entgegen.

Aus dem Inneren des Hauses kam ein leckerer Geruch des kochenden Essens, den Marc so schon seit langer Zeit vermisst hatte.

Die ganze Familie verschwand kurz im Inneren des Hauses und Marc blieb draußen in dem kleinen Vorgarten des in die Jahre gekommenen, weißen Hauses, mit großen Sprossenfenstern und grünen Fensterläden sowie einer kleinen Veranda, auf der Ivette gerade das Mittagessen richtete...

Die großen alten Bäume spendeten dem Haus und dem dazugehörigen Garten viel Schatten, der in dieser Gegend für alle ein Segen war.

Die kleine Veranda füllte sich langsam mit Leckereien, die Andre und Ivette eifrig nach und nach aus dem Haus trugen. Marc wusste schon, es wird ein einmaliges kulinarisches Erlebnis sein, da er die Cajuns Küche bereits aus Katjas Erzählungen kannte.

Von der Gumbo Suppe, die reichlich an Sellerie, Paprika und Zwiebeln war, bis hin zu einem Maisbrot. Das alles machte aus dem Mittagessen einen abenteuerlichen Ausflug in die unbekannte und zugleich spannende Welt der einheimischen Küche des Cajun Volkes.

Katjas Eltern freuten sich, dass die Familie wieder zusammen war und natürlich über Marc, der ja aus Europa kam, aus einem kleinen Land, das so nah an Frankreich lag.

Andre erzählte viel über die Geschichte und Kultur seines Volkes, unterbrach dabei immer wieder, um die leckere Nachspeise zu genießen.

Als er erfuhr, dass Marcs Eltern beide Ärzte sind, wurde er nachdenklich und schaute hoch in den blauen Himmel, als hätte er dort seine Gedanken fangen wollen, die um seinen Kopf kreisten.

„Wir haben unsere Traiteure..", Andre richtete seinen Blick plötzlich auf Marc.

„Traiteur ist eine Art Heiler", fügte er hinzu.

„Ein Heiler?... meine Eltern erzählten mir immer wieder von unerklärlichen Heilungen, die in ihrem beruflichen Werdegang passierten", antwortete Marc.

„Die Aufgabe eines Heilers ist das Auflegen von Händen ergänzt durch ein Gebet", Andre sein Blick zeigte große Überzeugung.

„Und es hilft?" Marc fragte neugierig und erhoffte sich, noch mehr darüber zu erfahren.

Andre stand vom Tisch auf und holte sich aus der Küche noch einen Tee. In einem Schaukelstuhl der ebenfalls auf der Veranda seinen Platz hatte, erzählte er weiter:

„Ganzheitlich heilen...etwas, was wir im Westen längst vergessen und verdrängt haben. Wir sind nicht nur Körper. Unser Geist, unsere Seele treibt uns an. Wenn wir in unserem Denken, Fühlen und unserem Tun keine Einheit bilden, werden wir krank"

„Wie verstehst du Krankheit?" Marc war an der Sichtweise des Cajuns sehr interessiert.

„Oft wissen wir ganz genau, dass wir nicht im Einklang mit uns selber handeln. Menschen verdrängen diese Zustände und denken dabei, wenn sie eine Situation aushalten, dann wird es schon werden.

Verdrängen und Aushalten schiebt nur alles ins Unterbewusstsein, dem nichts mehr übrig bleibt, als uns auf diesen Umstand aufmerksam zu machen. Unser Körper spielt dann „ver-rückt", er ist dann nicht mehr in der Mitte, weil unsere Seele es nicht ist." Andre schenkte sich noch eine Tasse Tee, aus der großen Glaskanne die auf dem Mittagstisch stand, ein.

„Ich versuche immer wieder positiv zu denken" Marc holte sich ebenfalls eine kleine Tasse Tee.

„Positives Denken kreiert positive Umstände auf dem Weg voller fremder Wünsche und Erwartungen an uns und an das, wie wir zu leben haben. Je älter wir werden, desto mehr Pauschallösungen hält das Leben für uns bereit.

Du musst nicht mehr mit deinem Inneren sprechen und nicht mehr viel selbständig denken. Alles scheint schon da zu sein, erklärt und fertig serviert....Irgendetwas in dir aber fühlt, das ein bestimmtes Lebenslied nicht das Lied deiner Seele ist"

„Wenn du mutig genug bist, fängst du an selbständig zu denken und deiner inneren Weisheit zu folgen. Dann wirst du für die Außenwelt ein Querdenker und vielleicht auch eine Gefahr für die pauschal Lebenden" Andre grinste Marc an und stellte die leere Teetasse auf den Tisch zurück.

„Aber du scheinst uns mutig genug zu sein und das freut uns sehr mein Junge" Ivette schaute abwechselnd ihre Tochter und Marc an.

„Mein Cowboy ist jetzt bestimmt müde, ich werde ihm unser Gästezimmer zeigen!" Katja streichelte liebevoll Marcs Rücken und lud ihn, nach ein paar entspannten Augenblicken, in das Dachgeschoss ihres Hauses ein.

Das Klima in Louisiana machte Marc müde und er freute sich einfach auf das Bett und einige Stunden Schlaf. Er war von der Gegend und all den neuen Erkenntnissen begeistert und irgendwie auch dankbar, dass er hier sein durfte.

Kapitel 13

Wildes Leben

Vogelgezwitscher machte den neuen Morgen zu einem einzigartigen Konzert und auch ein Stirnkuss, mit dem Katja Marc begrüßte ließ den warmen, sonnigen Morgen liebevoll ankommen.

Ein Gefühl der Vollkommenheit machte sich in seinem Herzen breit.

Marc nutzte die schöne Morgenzeit für ein kurzes Gedankensammeln im Vorgarten des Hauses, während Katja noch mit ihren Eltern telefonierte, die bereits unterwegs waren um für heute einen Ausflug zum Vermilion Voyage zu planen.

Der warme Wind streichelte sein Gesicht und er fühlte, wie mit den ersten Worten seines Morgengebetes, die leisen Botschaften aus dem Inneren seines Herzens sichtbar wurden.

„Mein Cowboy, dein Kaffee wird kalt..", rief Katja, nach dem sie bemerkte, dass seine Augen wieder auf waren.

Marc blieb noch ein paar Augenblicke sitzen, um dann langsamen Schrittes, zu ihr auf die Veranda zu kommen.

„Was, was, was geht in deinem Kopf vor?" Katja streckte ihren Zeigefinger aus und berührte grinsend seine Stirn.

Der Kaffee war noch gut zum Trinken und er tat Marc richtig gut.

„In meiner Kurzmeditation habe ich eine Stadt gesehen, alt, wie aus einem Western...", sagte er nachdenklich.

„Du bist schließlich ein Cowboy", erwiderte sie lachend.

„Es war etwas anderes, wir waren auf einer Art Hochzeit", fügte er hinzu.

Katja reichte ihm das leckere Frühstück herüber und sagte nichts mehr dazu.

Es wurde windig und beide genossen die gemeinsame Zeit auf der Veranda. Der Wind tanzte zwischen den Bäumen und man konnte meinen, sie wollen den beiden etwas wichtiges erzählen, als Zeugen der vergangenen Zeit.

„Wann werden wir den Innengarten besichtigen?" Marc war schon ganz neugierig, den Ort fühlen zu dürfen, an dem offensichtlich die Zukunft zu spüren war.

Ein lautes Motorengeräusch unterbrach die Stille im Garten. Am Straßenrand war auch schon der Oldtimer der Familie zu sehen, aus dem Ivette freundlich lächelte und mit der Hand winkte.

Katja sprang augenblicklich vom Stuhl auf und rannte zum Auto, dessen Ladefläche mit ein paar Kanus beladen war.

Dem Zusammenpacken stand jetzt nichts mehr im Wege. Das Abenteuer war für die ganze Familie eine logistische Herausforderung, aber die Cajuns sind gut organisiert und bekanntlich hilfsbereit, sodass alles schnell und unkompliziert voranging.

„Ich verspreche dir, dass wir den Innengarten nach unserer Rückkehr besuchen werden" Katja küsste Marcs Stirn und packte die restlichen Sachen ins Auto der Familie Ardoin, die mit Katjas Eltern seit Jahren befreundet war und bei diesem Ausflug mitfuhr und die Beiden in den Acadiana Park brachte, wo die Kanufahrt begann.

Familie Ardoin war, wie bei den Cajuns übrig, sehr gläubig. In Ihrem großen Camper waren zahlreiche religiöse Andenken zu sehen. Im hinteren Teil des Fahrzeuges, in dem Marc zusammen mit Katja sich breitmachte, bemerkte er auch einen Aufkleber des Raumfahrtunternehmens aus Texas, der am dort eingebauten Kühlschrank klebte.

„Sie waren in Houston?", fragte er Herrn Ardoin, der am Steuer lustig ein Lied sang.

„Ja, schon vor Jahren", antwortete er und schaute Marc im Rückspiegel an.

„Bis nach Houston ist es nicht mehr weit. Als ich jünger war, habe ich Raumfahrzeuge beobachten können, die von dort in den Himmel schossen", fügte er hinzu.

„Sicherlich interessant" Marc wollte etwas mehr darüber erfahren.

„Viel interessanter war alles, was ich in der übrigen Zeit sehen durfte" Herr Ardoin kratzte sich auffällig an seinem Kopf und wurde leicht nervös.

„Lichter...viele Lichter, die am Himmel unterwegs waren...unglaublich schnell und leise, sie bewegten sie wie Leuchtkäfer...in alle Richtungen" Diese Beschreibung erinnerte Marc an die leuchtenden Kugeln aus dem Garten, von denen ihm Katja die ganze Zeit erzählt hatte.

Im Acadiana Park angekommen, gab es für alle noch etwas leckeres zum Essen. Herr Ardoin teilte unter allen die frisch gemachten Shrimps mit Gemüse und als Nachtisch die leckeren Hefeteigkissen aus New Orleans, aus.

Die nächsten drei Tage standen unter dem Motto: „Wasser, Kanus und wilde Natur" Für Marc tat sich eine neue Welt auf, weit von den bekannten, heimischen Bergen entfernt...

Drei Tage in der Wildnis war für alle ein unvergessliches Erlebnis. Am Abend des letzten Ausflugstages, gab es in Palmetto ein Lagerfeuer, an dem alle nochmals zusammen kamen, um sich zu freuen und im Rhythmus des Cajun Country zu tanzen.

Ein richtiges Jambalaya Gefühl machte sich breit und in der tiefen Nacht ging es Richtung Lafayette zurück, mit Erinnerungen, die einem das ganze Leben lang im Herzen bleiben werden.

„Guten Tag mein Cowboy!" Katjas leise Stimme begrüßte Marc an diesem neuen Tag. Seine noch halb schlafenden Augen freuten sich auf diesen Augenblick.

Marc setzte sich ganz langsam hin, nahm Katja in seine Arme und drückte sie ganz fest ans Herz. Sein Bett wollte ihn aber noch nicht so schnell loslassen, nach den letzten drei Ausflugstagen.

„Dein Smartphone hat den ganzen Morgen fast ununterbrochen vibriert." Sie reichte ihm sein Telefon, das auf dem kleinen, braunen Schrank zum Aufladen lag.

Das offene Fenster ließ ein wenig frische Luft ins Gästezimmer herein und er durfte heute ausnahmsweise im Bett frühstücken.

„In Liechtenstein liegt immer noch Schnee" Marcs Großeltern berichteten über die Wetterlage in der Heimat und hofften auf ein baldiges Wiedersehen, von dem zur Zeit noch keine Rede war.

Auch in Boston ging das Leben weiter und besonders Amit freute sich, dass es seinem Freund in Louisiana gut ging. Nach der Beerdigung seines Vaters, kümmerte er sich besonders um Desna. Für seine Mutter war der Abschied viel zu schnell und zu plötzlich gewesen, auch wenn sie wusste, dass sie sich eines Tages alle wiedersehen werden.

Marc verbrachte einige Minuten damit, allen ein Lebenszeichen aus dem sumpfigen Lafayette zu senden. Katja spielte währenddessen ein ihm unbekanntes Musikstück auf ihrer Lieblingsgitarre und er konnte dabei fühlen, wie gut es ihrer Seele tat.

Es war schon Nachmittag, während Marc immer noch mit seinem Frühstück beschäftigt war. In seiner Seele fühlte er eine unerklärliche Verbindung zu diesem Ort und den Menschen.

„Sei dankbar für alles, auch für die kleinen Dinge, denn dies ist die Voraussetzung für das große Glück", sprach eine leise Stimme in seinem Herzen.

„Heute ist es soweit mein Cowboy!" Der Satz riss ihn plötzlich aus seinen tiefen Gedanken heraus.

„Der Innengarten wartet auf uns", sagte sie mit Freude in ihren dunklen, nachdenklichen Augen.

Marc war sehr gespannt auf den Ort und die damit verbundenen Eindrücke, denn wie er schon öfter erleben durfte, jeder Ort hat seine eigene Energie, seine Geschichte und eine Datenbank, in der alles gespeichert wurde, was dort geschehen war.

Noch eine Dusche und er war soweit. Katja wartete bereits auf der Veranda und sie gingen an dem Autoabstellplatz vorbei zum hinteren Teil des Grundstückes, mit einer großen Wiese, auf der in der rechten Ecke einige alte Bäume ihr zu Hause hatten.

Nach seinem ersten Gefühl handelte es sich um einen Kraftort, ein Ort mit besonders viel Magnetismus und Vitalität. Marc setzte sich auf die Wiese neben einer Schaukel, die zwischen den Bäumen hing, auf der Katja als Kind schaukelte und die Zukunft spürte.

In seinem Inneren sah er wieder das Bild einer Stadt, aus den alten Westernfilmen und eine Hochzeit, die dort stattfand.

Das wiederkehrende Bild weckte in Marc das Gefühl einen Einblick in das Buch des Lebens zu haben....“ Oder ist das Drehbuch bereits geschrieben und wir erinnern uns nur daran, was wir vor langen Zeit ausgemacht haben, dort, wo wir herkommen?“ Ging es in seinem Kopf herum.

„Ist dieses Deja-vu Erlebnis eine solche Erinnerung?“ Seine Augen gingen auf und er versuchte noch einen Augenblick mit diesem besonderen Gartenteil verbunden zu bleiben.

„Hast du etwas gespürt mein Cowboy?" Katjas fragender Blick erreichte sein Inneres, noch bevor Marc zu ihr schauen konnte.

Plötzlich erweckte ein kräftiger Windstoß den stillen Ort, zwischen den im Garten stehenden Bäumen, die für einen Augenblick aus dem ruhigen, gemütlichen, warmen Frühlingstag erwachten.

„Fühlst du den Wind?", fragte er, die inzwischen sehr nachdenkliche Katja.

„Hendersonville, Nashville", antwortete sie und sah in diesem Moment ein wiederholtes göttliches Zwinkern, das beide an Johnnys Ruhestätte begleitete.

Marc stand auf und setzte sich auf die alte Schaukel, auf der Katja damals etwas spürte, was den logischen Verstand überforderte, etwas, was vielleicht hier und jetzt in ihrem Leben geschah.

„Ich sah wieder diese Stadt vor meinen Augen", sagte er und holte noch einen kräftigen Schub, so dass seine Beine die großen, grünen Blätter kitzeln konnten.

„Der Tee wartet, meine Lieben!" Eine Stimme rief beide, aus dem Hausinneren.

Andre machte mit der Teekanne ein Zeichen, das nicht missverstanden werden konnte. Marc sprang augenblicklich von der Schaukel und nahm Katja liebevoll an die Hand.

„Ich habe gute Neuigkeiten für Euch!" Andre schenkte allen etwas Tee ein und grinste seine Tochter an.

Man merkte, dass die kleine Veranda vor dem Haus, zu seinen Lieblingsplätzen zählte und immer für eine Überraschung gut war.

„Familie Ardoin, die mit uns die Kanufahrt machte, will mit euch unbedingt nach New Orleans!!!", sagte er fast festlich und seine Augen erwarteten in diesem Moment einen Ausbruch der Freude und Begeisterung.

Katjas breites Lächeln und die beiden, nach oben zeigenden Daumen waren ein Zeichen, dass diese Idee ein Volltreffer war.

Marc kannte New Orleans nur aus Fernsehberichten, nachdem es von dem mächtigsten Hurrikan aller Zeiten getroffen und weitgehend überschwemmt wurde.

„Manchmal sind Menschen in unserem Leben so ein Hurrikan und hinterlassen nur Verwüstungen, die uns eine Zeit lang begleiten und unser Leben schwer machen, bis die Sonne wieder aufgeht", ging es gerade durch seinen Kopf.

Eine Möglichkeit Herrn Ardoin nochmal zu begegnen und mit ihm über die Raumfahrt zu plaudern, machte alles noch spannender.

„Komm mein Cowboy, wir lassen uns von der abend-

lichen Stimmung mitreißen" Katja hatte am selben
Abend Lust, auf einen Spaziergang, durch die Straßen
von Lafayette.

Der Sonnenuntergang, der gerade alles mit einer gol-
denen Decke überzog, machte diesen Augenblick zu
einem wunderschönen Erlebnis und den warmen
Wind zu einem treuen Begleiter durch die farbenfro-
he, mit freundlichen Menschen gefüllte Gegend.

„Ich wollte schon immer mit dir nach New Orleans!"
Katja drückte fest seine Hand.

In ihrem Kopf spielte sich in diesem Moment ein bun-
ter Trailer ihres Lebensfilmes, über einen Cowboy, der
anstatt eines Revolvers eine Gitarre in der Hand hielt,
mit der er mit schöner, sinnlicher Cajun Musik um
sich schoss, ab.

Beide ruhten sich nach dem langen Spaziergang auf
einer stylischen, grünen Sitzbank aus. In einer herzlichen Umarmung, mit dem Blick auf die untergehende
Sonne, schenkten sie dem vergangenen Tag ihre
Dankbarkeit für alles, was sie erleben durften...

Kapitel 14

New Orleans, New Life

Eine Autohupe und der laut arbeitende Motor eines Autos erreichten an diesem Morgen Marcs Ohren. Es war für ihn eine Überwindung, seine Augen aufzumachen, geschweige denn, vom Aufstehen, um sich für den neuen Tag zu richten.

Das Zimmer war leer, nur anhand von herumliegenden Sachen konnte er sich noch erinnern, was an dem gestrigen Abend noch alles passierte.

Seit dem letzten Gespräch über New Orleans sind schon ein paar Tage vergangen, die Marc mit der Erkundung der schönen, sumpfigen Gegend verbracht hatte.

Am letzten Abend schaute er noch einige Reisebücher über das gemeinsame Ziel an, die Katjas Familie in ihrem Bücherregal hatte.

Zahlreiche Gespräche mit seinen Freunden und Eltern in Boston machten Marc klar, dass seine Zeit hier in Louisiana langsam zu Ende ging.

„Was wird aus ihm?",„Was wird aus Katja?" Viele Fragen beschäftigten seine Seele und das leise Flüstern der Zukunft war noch nicht deutlich zu hören.

Für Katja war Marc „ihr Weg" und auch Marc fühlte immer wieder die unsichtbare Hand des Schicksals, die ihn bis hierher nach Louisiana lenkte.

Die leisen Schritte auf der ins Zimmer führenden Treppe näherten sich der Tür, die dann ganz langsam aufging.

„Guten Morgen mein Cowboy" Katjas Lächeln und ihre großen, immer viel denkenden Augen, begrüßten Marc und brachten gute Stimmung ins Gästezimmer.

„Wir wollten dich nicht wecken, aber heute bist du ein lang schlafendes Bärchen", grinste sie.

„Familie Ardoin ist schon da. Wir haben bereits alles ins Auto gebracht. Heute geht es nach New Orleans!" Sie sprang auf das Bett und nahm Marc fest in ihre Arme.

„Dein Lieblingskaffee wartet auf dich unten..und ich natürlich auch" Der Aussage folgte ein Kuss und ein Augenzwinkern.

Marc suchte sich eine Weile zusammen und steckte dann sein Smartphone zum Laden ein. Die gestrigen Gespräche hatten den Akku so gut wie leer gemacht und er dachte gestern offensichtlich nicht mehr daran, es ans Netz zu hängen.

Auf der Veranda saß schon Familie Ardoin mit einem Tee in der Hand, während Katjas Eltern noch im Garten herum räumten.

„Guten Morgen Marc!...schön dich wieder zu sehen

mein Junge" Herr Ardoin zeigte auf den Kaffee, der schon auf ihn wartete.

„Guten Mittag Herr Ardoin, ich freue mich auch sehr, habe glaube ich, ein bisschen zu lange geschlafen" Marc versuchte sich zu entschuldigen.

„Du bist im Urlaub, wir in Louisiana haben es selten eilig", grinste er und nahm sich noch ein Stück Kuchen.

„Heute geht es nach New Orleans und wir werden viel Spaß haben" Herr Ardoin schien heute gut drauf zu sein.

„Das Gefühl habe ich auch", erwiderte Marc.

„Wir nehmen die Route 90, so kommen wir dann am schnellsten ans Ziel", fügte Herr Ardoin hinzu.

Marc freute sich besonders, dass das große Paradies mit zahlreichen Seen und unberührter Natur, das er gestern noch in seinem Reiseführer gesehen hatte, heute bereits Wirklichkeit sein wird.

Herr Ardoin lud ihn und Katja in seinen Oldtimer ein, einen Mustang, eine Legende auf vier Rädern. Andre und Ivette fuhren voraus, in ihrem ebenfalls in die Jahre gekommenen Zweisitzer.

Marc dachte sofort an Alois, der ihn nach Zürich gebracht hatte und an seine Vorliebe für schnelle, schöne Autos. Der Mustang in dem sie die Ehre hatten, nach

New Orleans zu fahren, war ein sehr gepflegtes Stück. Der rote Lack, erinnerte an moderne Sportautos, denen jedoch die Seele fehlte, die der Mustang schon immer hatte. Die runden Scheinwerfer schauten die Beiden nostalgisch an.

„Dieses Model ist und bleibt etwas besonderes" Marc streichelte die glänzende Motorhaube und fühlte plötzlich eine tiefe Verbindung zu all den Menschen, die bei der Entstehung mitgewirkt hatten, deren Emotionen und Begeisterung für Details waren auf einmal allgegenwärtig.

„Etwas besonderes wie du, mein Cowboy!" Katja grinste ihn an und wollte nur noch einsteigen und losfahren.

„Ich bin nur ein einfacher Mensch, der an das Leben ein paar wichtige Fragen hat....die Mustangs bleiben einfach eine Legende...aber nur die alten", sagte er nachdenklich dazu.

Herr Ardoin saß bereits am Steuer und hielt das stylische, holzverkleidete Lenkrad in seinen Händen. Wie immer durften auch die Musik und sein Gesang nicht fehlen.

Die Nachmittagssonne und der angenehme, warme Wind machten allen gute Laune. Marcs Füße, die er während der Fahrt aus dem Fenster streckte, hatten es besonders gemütlich.

Auf dem halben Weg hielt Herr Ardoin in Morgan City an. Ein kurzer Blick auf den Atchafalaya Fluss, der von der Long Allen Brücke zu bewundern war, führte alle drei direkt zu „Rosas Küche", in der bereits Katjas Eltern saßen und auf einer, roten Veranda, auf sie mit einem Cajun Frühabendessen warteten.

Nach der leckeren Mahlzeit bot sich ein kleiner Ausflug zum Campingplatz „Lake End Park" an, der mit einem wunderschönen Wanderweg auf sich aufmerksam machte. Marc konnte es nur mit dem, genauso schönen Bodensee, im Raum Bregenz und Lindau, vergleichen.

Katjas Eltern kannten diese Gegend ganz gut und hielten schon Erdnüsse bereit, für die zahlreichen Eichhörnchen, die den Menschen hier, so gut wie aus der Hand fraßen.

Auch für die Entenfamilien, war der Platz ein beliebtes Ausflugsziel.

„Ein Fleck auf Erden, an dem die Menschen und Tiere noch eine friedliche Beziehung pflegen durften, weit von Industrie und Konsum entfernt, die der Natur immer mehr Platz wegnehmen wollen", ging es durch Marcs Kopf. Etwas worauf er auch in seiner Heimat stolz sein durfte.

New Orleans begrüßte alle mit bunten Abendlichtern und allgegenwärtiger Musik. Der warme Wind war auch hier ein treuer Begleiter und machte, den gerade stattfindenden Sonnenuntergang, zu einem einmaligen Erlebnis.

Das Haus von Pater Louis, mit dem sie alle verabredet waren, befand sich direkt am Ufer des großen Pontchartrain See, mit Blick auf die kilometerlange Pontchartrain Causeway Brücke, die Richtung Norden, nach Covington führte.

Pater Michel kam gerade aus dem Verwaltungsbüro, der großen St. Louis Kathedrale, die im berühmten französischen Viertel ihr Zuhause hatte.

Nach einem herzlichen Empfang gab es für beide Familien ein leichtes Abendessen, mit vielen Gesprächen, über Gott und die Welt. Katja und Marc ließen sich von einer Hausdame ihre Gästezimmer zeigen und nutzten die Gelegenheit für einen Spaziergang entlang des Ufers.

Der Mond spiegelte sich im See. Hin und wieder begegneten ihnen kleine Entenfamilien, die offensichtlich auf die gleiche Idee kamen und vielleicht im warmen See baden wollten.

„Was für eine wunderschöne Welt", Katja zitierte Worte des berühmten Louis Armstrong, der hier in New Orleans seinen Ehrenplatz hatte.

„Alles O.K.? Bist du glücklich?" Ihre fragenden Augen schauten Marc liebevoll an, während er nachdenklich in die Ferne schaute.

„Happy, Happy, Happy!!!" Marc richtete seinen Blick auf Katja und lächelte sie an.

Das Gefühl des Glücks und Vollkommenheit erfüllten sein Herz und er genoss jeden Augenblick des „Im hier und jetzt sein"

„Bist du auch auf deinem Weg?", fragte er und fasste ihre Hand.

„Ohh ja, schaue hin, der Weg führt direkt zu unserem Nachtisch" Katja zeigte grinsend auf ein kleines Kaffee mit Donut Laden, der direkt vor ihnen auf der rechten Straßenseite zu sehen war.

Die leckeren Donuts waren für beide die Krönung des Tages, könnte man meinen aber das Schicksal hatte noch mehr mit den Beiden vor.

„Du hast nach meinem Weg gefragt" Das letzte Donut Stück verschwand gerade in ihrem Mund, während sie langsam und nachdenklich ihren Kaffee in die Hand nahm.

„Mein Herz hat bereits an jenem Tag gesprochen, an dem ich dich nach Lafayette entführt habe, mein Cowboy!" Katja schaute ihn mit großen Augen an, in denen der Wunsch nach einem Zusammenleben zu fühlen war.

Marc ahnte jetzt, was der bärtige Mann im Flugzeug zu sagen versuchte und nahm sie fest in seine Arme. Diesmal sagte er leise „Was für eine wunderschöne Welt"......

„Guten Morgen miteinander!" Pater Michel versteckte seinen Kopf hinter einer Tageszeitung, die er jeden Tag zu lesen pflegte.

„Heute habe ich mir freigenommen, um euch unsere schöne Stadt zu zeigen...oder besser gesagt, dir Marc" Katja und ihre Eltern waren schon öfter in New Orleans, denn sie kannten Pater Michel schon seit vielen Jahren.

„Guten Morgen Pater Michel...ich bin ihnen sehr dankbar", antwortete Marc, während Katja beiden einen leckeren Kaffee richtete.

„Pater Michel, wir haben gestern bis in die tiefe Nacht miteinander gesprochen und nun eine Überraschung für dich" Katja stellte die Kaffeetassen auf den Frühstückstisch und setzte sich dazu.

„Ja, ich weiß, du möchtest wieder nach Nashville", grinste er und legte seine Zeitung ab.

„Immer wenn du nach New Orleans kommst, geht es ziemlich bald nach Nashville zurück...aber gut, ich liebe Überraschungen....vielleicht sprechen wir darüber im Garten. Das schöne, sonnige Wetter wird sicherlich nichts dagegen haben...und draußen ist man viel näher bei Gott als hier in der Küche :))" Pater Michel hatte bekanntlich Sinn für Humor.

Draußen stellte er seine Gartenmöbel zusammen, die bestimmt schon den ältesten Cajuns ihre Dienste geleistet hatten.

„Noch einen kleinen Moment...ich muss nach meinen Kindern schauen", sagte er und sah, wie Marc seine Augen verdrehte.

Nach ein paar Minuten kam er wieder mit einer leeren, grünen Gießkanne in der Hand, die er dann neben seiner Veranda abstellte.

„Es tut mir Leid, ich habe vergessen, meine Blumen zu gießen...jetzt bin ich für euch da", voller Erwartung schaute er die Beiden an.

„Pater, wir brauchen deinen Segen, hier in New Orleans", sagte sie ganz leise.

„Mein Segen habt ihr immer, versprochen" Pater Michel hielt kurz ihre Hände fest und sprach seinen Segen aus.

„Aber Pater, es geht um die Kirche, um die Trauung" Katja war schon leicht irritiert, was jedoch keinen Einfluss auf Michels humorvolle Lebensart hatte.

„Ihr traut euch was" - grinste er. „In einer Welt des Werteverfalls, eine mutige Entscheidung", fügte er hinzu.

„Aber denkt darüber nach, hier ist nicht Las Vegas, hier nehmen wir so etwas ernst" Die gute Laune schien den Pater nicht verlassen zu haben.

„Ich werde mein Büro heute noch kontaktieren. Am Nachmittag schauen wir uns die Kathedrale an", sagte er und holte aus dem Haus seinen Terminplaner.

Katja und Marc waren glücklich und fühlten eine große Erleichterung. Sie vertrauten Pater Michel und wussten, dass er immer für eine positive Überraschung gut ist.

Am Nachmittag zogen beide schon durch die sonnigen Gassen des französischen Viertels, der Musikstadt New Orleans. Die immer noch im Wiederaufbau befindliche Gegend überzeugte mit ihrer Schönheit und zeigte eine enorme Willenskraft der Bewohner, die ihr Lächeln nicht verloren hatten, auch dann nicht, als die Stadt meterweise unter Wasser stand.

Tief in der Erde verwurzelte Bäume des Gartenviertels zeigten sich genauso standhaft wie seine Bewohner und boten den Passanten einen wohltuenden Schatten, bei dem schwülen, sonnigen Wetter, an. Ihre dicken Äste erweckten den Eindruck, als wollten sie jeden umarmen, der gerade vorbei spazierte.

Beide wollten noch unbedingt die St. Louis Kathedrale sehen, in der ihre Trauung geplant war.

Auf einem Vorplatz der Kirche fanden sie eine Grünanlage, mit zahlreichen Palmen und Blumen, die das Andrew Jackson Denkmal schmückten.

Die dreitürmige Kathedrale mit ihrer großen Uhr in der Mitte schaute majestätisch auf das Paar herab und strahlte eine standhafte Ruhe aus.

Katja fühlte innerlich, dass diese ihr und Marc viel Glück und Segen bringen wird. Etwas, was ihr im Leben sehr wichtig war.

„Glaubst du, Gott verlangt von uns ein Versprechen?" Diese Frage beschäftigte Marc schon seit langer Zeit.

„Was Gott von uns erwartet ist, dass wir in seinem Licht und Liebe wachsen", antwortete Katja.

„Verspreche dir selbst, dass du nur dann etwas machst, wenn sich dieses in deinem Herzen gut anfühlt", fügte sie hinzu.

„Gott wünscht sich, dass du ihm zuhörst...du musst ihm nichts versprechen, denn er kennt bereits deinen Weg" In diesem Moment umarmte sie Marc und küsste seine Stirn.

„Aber, wir werden uns das Ja-Wort geben, dort in dieser Kirche" Marc zeigte mit seinem Finger auf das Gebäude gegenüber.

„Ich kenne Pater Michel seit vielen Jahren. Er ist immer für eine Überraschung gut", sie grinste ihn an und zog aus dem Rucksack zwei kleine Flaschen Mineralwasser heraus.

„Trinke mein Cowboy!...damit du nicht verdurstest...wir haben noch das ganze Leben vor uns"

Die Uhr auf der Kathedrale zeigte bereits siebzehn Uhr an. Beide hatten noch Karten für eine Dampferfahrt entlang des Mississippi Flusses, auf der sie sich mit Pater Michel treffen wollten.

An der Andockstelle versammelten sich bereits zahlreiche Menschen, unter denen auch einige Europäer dabei waren. Die bunten Lichter des alten Dampfers und die dort gespielte Jazz Musik erfreuten Augen und Ohren von den auf die Fahrt wartenden, Touristen.

Katja rief Pater Michel auf seinem Smartphone an und so konnten sich alle schnell finden und die gemeinsame Fahrt genießen.

Die Musikband auf dem Schiff spielte einen netten, sinnlichen Jazz, der vor allem Michel für eine Weile in eine andere Welt versetzte.

Er machte alles recht spannend und verriet erst am Ende der Fahrt, dass die Trauung bereits nächste Woche stattfinden kann, worauf sich alle freuten.

Kapitel 15
Der Tag

Die Tage vergingen wie im Flug. Katjas Eltern beschäftigte die Hochzeit ihrer Tochter sehr. Ihre Mutter Ivette verbrachte mit ihr einige Stunden damit, das schöne weiße Hochzeitskleid gut passte und Katja sich darin wohlfühlte.

„Blumen....natürlich viele Blumen. Sie durften natürlich nicht fehlen. Du hast schöne Haare meine Tochter, ganz nach deiner Oma Ines. Wir haben viele schöne Blumen hier, in Louisiana und sie werden wie ein Schmuckstück in deinen Haaren aussehen" Ivette sprudelte vor Begeisterung.

Andre dagegen entführte Marc und beide zogen durch die kleinen Geschäfte, auf der Suche nach einem passenden Cowboygewand. Eine tolle Jeanshose, Stiefel und ein stylisches Hemd wurden schnell gefunden und die Männer freuten sich auf das bevorstehende Fest in New Orleans.

Für Marcs Eltern kam die Nachricht über seine Hochzeit sehr überraschend und auch diesmal ließ sie das Berufliche nicht aus Boston weg. Seine Großeltern in Liechtenstein erhofften sich, das Paar bald in Vaduz sehen zu dürfen und wünschten Marc Gottes Segen auf seinem weiteren Lebensweg.

„Wow, das darf wohl nicht wahr sein...ich bin begeistert!...eine wirklich tolle Nachricht!" Amit fiel fast vom Stuhl, als er Marcs Nachricht auf seinem Smartphone las. Seine Mutter war gut versorgt und er versprach, kurzfristig nach New Orleans zu kommen um mit Marc und Katja zu feiern.

Am Vorabend der Trauung kamen alle zusammen nach New Orleans. Andre mit Ivette, Familie Ardoin, Katja und Marc bekamen je ein Zimmer im Haus des Paters Michel. Amit hatte seinen Flug erst am Hochzeitstag bekommen und versprach direkt vom Louis Armstrong Flughafen in die Kathedrale zu kommen.

„Wenn Gott zwinkert", sagte Marc plötzlich, während Katja noch mit ihrem Kleid beschäftigt war und letzte Änderungen vornahm.

„Was möchtest du damit sagen mein Cowboy?" Katjas denkender Blick setzte sich auf Marcs Schultern.

„Es ist eine besondere Zeit, der Vorabend unseres Festes. Fühle die Energie und höre nochmal auf dein Herz, denn dort wohnt immer die Wahrheit. Über uns und unseren Weg", sagte er dazu.

„Ja, ich weiß, es gab Zeiten in meinem Leben, in denen ich auf alles andere gehört habe, aber nicht auf mein Herz...und es hat nicht gut gefruchtet", fügte sie nachdenklich hinzu.

„Ich habe immer gedacht, nach dem Herzen zu leben,

bedeutet nett zu sein und alles hinzunehmen, wie es kommt. Heute weiß ich, dass mein Herz mich auch warnen kann, etwas nicht zu tun, etwas nicht anzugehen, was vielleicht schön verpackt aber inhaltlich verdorben ist" Katja hing ihr weißes Kleid auf und setzte sich auf Marcs Schoss. Der Tag neigte sich dem Ende zu.

Ein Akkordeon das gerade Heimatmusik spielte weckte beide an diesem Morgen. Marc seinem Hochzeitstag. Amit meldete sich vom Flughafen in Boston mit einer guten Nachricht. Sein Flugzeug wird in ein paar Minuten starten und er hoffe, pünktlich in New Orleans zu landen.

Pater Michel war auch schon seit einiger Zeit wach und richtete zusammen mit seiner Haushaltshilfe das Frühstück für seine Gäste. Er wollte das Haus ein bisschen früher verlassen, damit in der Kirche alles gut klappt.

Es klopfte an der Tür, Pater Michel eilte hin und machte langsam auf.

Familie Ardoin meldete sich in festlichen Anzügen und zeigte ihren ganzen Stolz, den roten, frisch polierten Straßenkönig. Der Mustang glänzte im Licht der gerade aufgehenden Sonne und lachte mit seinen Scheinwerfern alle an, die sich mittlerweile auf der Veranda versammelt hatten, um dieses Stück der Autogeschichte zu bewundern.

Herr Ardoin freute sich sehr, die Ehre haben zu dürfen, das Paar in die Kathedrale zu fahren.

Die großen Kirchenglocken kündeten die bevorstehende Trauung an. Marc fühlte, wie mit jedem neuen Schlag, die Vergangenheit zerbrach und die Luft um ihn herum mit etwas neuem, spannendem erfüllt wurde.

Die zwei niedlichen Engelsfiguren hinter dem Haupteingang luden alle herzlich ein und zeigten den Weg zum Altar, an dem bereits Pater Michel mit einem Gospelchor wartete.

Pater Michel, sein Sinn für Humor und seine äußerst positive Lebenseinstellung kannte in New Orleans so gut wie jeder, besonders aber Katja, deren Herzenswunsch somit erfüllt wurde.

Eine außergewöhnliche Hochzeit war mit ihm so gut wie sicher.

„In God we trust", hieß das Anfangslied, das von den Gospel Damen gesungen wurde und die Klänge machten die Herzen der versammelten Gäste richtig auf.

„Das Vertrauen an Gott ist dringend nötig" Marc beunruhigte die Abwesenheit seines Freundes Amit, der schon längst hätte da sein sollen.

„Gesegnet seien alle, die mit Wahrheit im Herzen vor

dem Herren stehen und Ihn um seinen Segen bitten!" Pater Michel begrüßte alle recht herzlich und begann mit der Trauung des Paares.

Er war trotz langjährigem Dienstes, ein moderner Pater, dem bewusst war, dass die Wahrheit durch den Fortschritt nicht verdreht werden durfte. Durch seine zahlreichen Reisen um die Welt wurde ihm eins klar, es gibt einen Herrn und eine Wahrheit, auch wenn sie unterschiedlich ausgelegt wird.

„Was uns verbindet ist die Liebe. Jeder von uns hat schon mal geliebt, war es ein Mensch oder etwas anderes gewesen, mit dem er das Gefühl der tiefsten Erfüllung und Vollkommenheit verband" Pater Michel führte die Trauung fort.

Nach der Zeremonie ließ er die Gospel Sisters nochmal zu Wort kommen und die ganze Kathedrale verwandelte sich in einen Tempel der Musik, die bis auf dem Jackson Platz zu hören war.

Katja und Marc saßen auf einer stylischen, mit bunten Blumen voll geschmückten Bank und freuten sich über Ihre Verbundenheit im Herzen.

Zusammen waren sie jetzt der Weg, den sie in ihren Seelen immer schon gewusst hatten.

Pater Michel hielt in der Hand ein kleines Buch und erhob sich nach dem Gesang von seinem Stuhl. Er war nämlich immer für eine Überraschung gut.

„Meine Lieben, lieber Marc, es war mir eine Ehre, euch trauen zu dürfen: Ich habe noch eine wichtige Botschaft, die mir gerade eben von meinem Assistenten, überreicht wurde....Diese kommt direkt aus Boston", sagte er mit ernster Stimme.

„ Amit!!!" Marc sah schon seinen Freund aus der Sakristei kommen. Amit kam verspätet vom Flughafen und wartete geduldig, um die Hauptfeierlichkeiten nicht zu stören.

„Mein Hochzeitspaar, bitte erhebt euch und sprecht diese Worte nach." Pater Michel machte langsam und nachdenklich das kleine Buch auf, schaute mit einem freundlichen Lächeln im Gesicht zuerst Katja und dann Marc an.

Amit sprang in diesem Moment spontan zu dem Paar hinüber und umarmte beide herzlich und freute sich, dass es ihm noch gelungen war, rechtzeitig dieses Buch dem Assistenten des Paters zu überreichen.

Pater Michel setzte noch seine lang gesuchte Lesebrille auf und sprach ins Mikrofon:

„Ich liebe Dich – bedeutet, dass ich dich so annehme, wie du bist und nicht möchte, dass du dich meinetwegen ändern musst.

Es bedeutet, dass ich keine Perfektion von dir erwarte.

Es bedeutet, dass ich dich auch in schlechten Zeiten liebe und ich an deiner Seite stehen werde.

Es bedeutet, dich auch dann zu lieben, wenn du schlecht drauf bist oder zu müde bist, Dinge zu tun, die ich tun möchte.

Es bedeutet, dich selbst dann zu lieben, wenn du am Boden bist und nicht nur wenn du gute Laune hast.

Ich liebe dich heißt, deine Geheimnisse zu kennen und dich nicht dafür zu verurteilen.

Es bedeutet, an dich zu denken, von dir zu träumen, dich immer zu wollen und zu brauchen und vor allem zu hoffen, dass du genauso für mich empfindest"

Alle in der Kathedrale versammelten Gäste kamen und sprachen ihre Glückwünsche aus. Amit durfte dann zusammen mit Herr Ardoin, das Paar zu der Feier fahren, die im französischen Viertel New Orleans stattfand und mit viel Tanz und Jazz Musik erfüllt war......

Die Regentropfen an diesem Morgen klopften leise und rhythmisch an das Geländer der großen Veranda auf der Pater Michel seiner täglichen Zeitungslektüre nachging.

Alle schliefen noch gemütlich während Marc, noch halb im Schlaf, seinen ersten Kaffee richtete.

Im Badezimmerspiegel sah er ein Gesicht, das einem

Faultier ähnelte, ein Zeichen, dass ihm ein wenig Schlaf fehlte.

„Guten Morgen Marc!" Pater Michel roch schon den Karamell, mit dem Marc seinen Kaffee versüßte.

„Guten Morgen Michel, trinken Sie auch einen Kaffee mit mir?", fragte er noch verschlafen.

„Gerne" Der Pater legte kurz seine Zeitung ab und holte für beide noch ein paar Beignets, New Orleans süße Visitenkarte.

Ein süßes Frühstück machte Marc immer gute Laune. Besonders in der verschneiten Winterzeit, die in seiner Heimat keine Seltenheit war.

„Ich habe Katja noch nie so glücklich gesehen!" Michel kannte sie schon seit ihrer Kindheit und freute sich auf ihre gemeinsame Zukunft mit Marc.

„Ja Pater, das Geheimnis der Liebe und ein Geschenk zugleich" Marc brachte gerade den frisch gemachten Kaffee.

„Schon irgendwelche Pläne für die Zukunft?", fragte er.

„Wissen Sie Pater, nach meinem Studium in Liechtenstein, habe ich die Frage gestellt, was die Zukunft bedeutet. Die Antwort darauf weiß ich bis heute nicht. Auf meinem Flug nach Boston habe ich aber jemanden kennengelernt, der offensichtlich diese gut kannte" Marc sah in seinen Gedanken das Gesicht des bärtigen Mannes, aus Malaysia, vor sich.

„Weißt du Marc, Gott ist unser treuer Begleiter, der uns oft zuflüstert. Es gibt für uns aber viel wichtigere Sachen da draußen und wir haben einfach keine Zeit dem zuzuhören...meinen wir zumindest. Wir sind Besserwisser", grinste er.

„ Aber warum schimpfen wir mit ihm und sind auf ihn beleidigt, wenn etwas nicht nach unserem Kopf geht?...schließlich haben wir ja es besser gewusst :))" Pater Michel amüsierte sich offensichtlich und zeigte wieder seinen Sinn für Humor.

„Wir Menschen schieben gerne die Schuld auf einen Anderen...am besten auf einen, der sich in jenem Moment nicht wehren kann", fügte er hinzu.

Ein Telefonanruf unterbrach das Gespräch. Pater Michel unterhielt sich eine Weile mit einem Herren, dessen Stimme noch aus einer großen Entfernung gut zu hören war.

Sein besorgtes Gesicht ließ nichts Gutes vermuten. Er holte seine Aktentasche aus dem Haus und gab Marc ein Handzeichen, dass er jetzt los musste.

Im Inneren des Hauses hörte Marc schon Amit herumlaufen.

Amit war vor allem über das Wetter begeistert, das ihn

so sehr an seine Urlaubstage in Indien erinnerte. Marc versuchte erst gar nicht über das Frühstück zu reden, damit er in Ruhe seiner Kurzmeditation im Garten nachgehen konnte.

„Guten Morgen Amit! Ich hoffe, dir geht es gut mein Freund" Marc saß mittlerweile mit Katja am Tisch und schaute sich schnell die Hochzeitsfotos an, die Ivette und Andre gestern gemacht hatten.

„Herrlich, einfach herrlich!" Der warme Wind ließ Amits dunkle Augen vor Glück strahlen und er kam ganz entspannt an den Tisch.

Alle drei wollten heute noch einen schönen Tag in New Orleans haben, bevor es am Nachmittag Richtung Lafayette zurück ging.

Der Abend begrüßte alle drei mit einem leichten, warmen Schauer. Die Stadt legte sich gerade schlafen und auch sie suchten nur noch die Nähe ihrer Betten, die Ivette bereits vorbereitet hatte. Marc und Katja blieben noch ein wenig wach und überlegten sich schon die Sehenswürdigkeiten in Lafayette, die sie Amit in den nächsten Tagen zeigen wollten.

Kapitel 16
Es gibt (k)ein zurück

Die letzten Tage in Lafayette brachten Katja, Marc und Amit eine bunte Mischung aus Ausflügen und Gesprächen über das Leben und die Zukunftspläne, ohne diese wir nur ein führungsloses Boot wären, das durch die Lebenswellen zwischen den Ufern hin und her geschaukelt wäre.

Bis zur der geplanten Abreise blieben nur noch ein paar Wochen, die sicherlich emotionell herausfordernd sein würden. Obwohl sich Katja sehr auf die gemeinsame Reise nach Liechtenstein freute und auch Amit zurück nach Boston musste, wünschte sich Marc tief in seinem Herzen, doch hier zu bleiben.

Am Vortag der Abreise gab es ein festliches Mittagessen. Ivette und Andre kochten nochmals das Beste aus der Cajuns Küche.

„Ihr werdet uns fehlen!" Ivette versuchte diplomatisch ihre Tränen abzuwischen.

„Ich habe mir immer gewünscht, dass Katja einen sicheren Hafen findet, hier unter uns in Louisiana", fügte sie hinzu.

„Ivette, wir kommen wieder, versprochen" Marc drückte sie ganz fest und sagte noch dazu: „Ich bin irgendwie ein richtiger Cajun geworden"

Ivette schüttelte nur den Kopf und versuchte durch die Tränen zu lachen.

„In God we trust", sagte Andre dazu und nahm gleich die Gitarre in die Hand, auf der er „I hope to see you again" spielte. Ein Lied, das er in seinen Jugendjahren in Kentucky immer hörte. Alle bekamen gleich mehr Lust auf Live Musik und machten am Nachmittag noch einen Ausflug in die Stadtmitte, dort wo diese täglich zu hören war.

„Ich wünsche dir eine gemütliche, erholsame Nacht, mein Cowboy", hieß es am Abend. „Morgen zu dieser Zeit werden wir schon in Boston sein" Katja küsste Marc seine Stirn und setzte sich noch ein wenig zu ihren Koffern hin, die fertig gepackt werden mussten.

„Gute Nacht euch! Boston, wir kommen" Amit war schon gerichtet und wenn es nach ihm gegangen wäre, hätten sie alle schon heute Abend abfliegen können...

An diesem Samstag standen alle drei ganz früh auf, um nichts von dem letzten Tag in Lafayette zu verpassen. An der Garageneinfahrt stand schon ein schwarzer Geländewagen bereit und auch die Koffer waren alle im Kofferraum verstaut. Andre holte zu diesem Anlass ein anderes Fahrzeug, um genug Platz zu haben. Marc konnte sich noch an seine Reise auf der Ladefläche des Oldtimers erinnern, dessen stolzer Besitzer Andre war.

Zum Frühstück gab es natürlich nochmal Kaffee mit leckeren Beignets, die Ivette für Katja auch mit auf die Reise einpackte.

Amit wollte unbedingt noch kurz in den „magischen" Garten, in dem Katja ihren Cowboy sah. Dort setzte er sich für eine Weile zum Meditieren hin, bevor es weiter zum Flughafen ging.

„Meine Dame...Jungs, wir wären soweit!" Andre wartete schon im Auto, während alle drei Ivette noch auf Wiedersehen sagten.

Durch das geöffnete Fenster des aus dem Garten herausfahrenden Geländewagens, winkten sie nochmal der nachdenklichen Ivette zu und in ihrem Herzen stand fest...sie kommen zurück!

Die sumpfige Gegend mit den alten Zypressen begleiteten sie bis zum Regionalflughafen, der an diesem Morgen erst zum Leben erwachte und einige Kleinjets starten ließ.

Amit nahm sich Marcs Worte zu Herzen und hatte aus Boston nur einen einzigen Reisekoffer mitgebracht, der jetzt zusätzlich mit ein paar Kleinigkeiten aus Lafayette bepackt war.

Am Schalter gab es zum Glück nur ein paar Reisende, die nach Charlotte wollten. Marc buchte nämlich einen Flug mit kleinem Zwischenstopp in North Carolina, wo alle drei wenigstens eine kleine Mittagspause machen durften.

Für Katja war Massachusetts Neuland, während Marc sich auf das Wiedersehen mit seinen Eltern freute und natürlich auch auf das sommerliche Boston.

„Hoffentlich werden sie Zeit für uns haben" Marc machte sich Gedanken, da seine Eltern selten für ihn und seine Anliegen da sein konnten. Etwas, was ihn schon seit seiner Kindheit begleitete.

Sie fehlten ihm sehr. Er hatte aber viel Verständnis dafür, denn somit konnten sie vielen Kindern helfen und trugen etwas positives für die Welt bei.

Flughafen Logan war noch weit entfernt. Das Flugzeug setzte sanft in Charlotte auf, wo alle drei ein kurzes Mittagessen geplant hatten.

North Carolina begrüßte sie mit großen Menschenmassen, die Marc schnell überforderten.

Wenigstens die Koffer wurden weitergeleitet, so dass sie unbeschwert sich der Suche nach etwas Leckerem widmen konnten.

Amit telefonierte noch mit Desna, die für alle ein festliches Abendessen in Boston vorbereiten wollte.

Katja und Marc gingen zu einem Burger Laden voraus, der am Ende des Terminals auf seine Gäste wartete. Amit lief hinterher und schaute nebenbei noch die

Flugdaten in seiner App nach, als ein lautes „Aufpassen!" ertönte und zugleich ein gläserne Gegenstand zu Boden fiel und zerbrach.

„Es tut mir Leid. Ich hätte besser aufpassen können" Amit versuchte die Lage ein wenig zu entspannen.

Zu seinem Erstaunen regte sich der asiatisch aussehende Mann überhaupt nicht auf.

„Nichts passiert", antwortete er gelassen.

„Kann ich es Ihnen irgendwie ersetzen? Sicherlich haben Sie noch eine lange Reise vor sich und Ihre Lieben warten auf die Reiseandenken" Amit bekam ein schlechtes Gewissen.

„Mein Name ist Hiroki, ich fliege mit meinen Arbeitskollegen nach Tokyo. Das Geschenk war für meine Tochter gedacht", fügte er hinzu.

„Es tut mir wirklich Leid. Haben Sie es hier in Charlotte gekauft?" Amit hatte noch ein wenig Zeit bis alle drei Richtung Boston abheben werden.

„Ja, das habe ich", seine dunklen Augen schauten ihn freundlich und gelassen zugleich an.

„Ich habe aber noch etwas anderes dabei, was meiner Tochter sicherlich auch gefallen wird" Hiroki zeigte auf eine kleine blaue Stofftasche, die an seinem Arm hing.

„Fliegen Sie von hier direkt nach Tokyo?" Amit hoffte auf ein Wiedersehen mit ihm.

„Wir fliegen über Boston, bleiben dort ein paar Tage" Hiroki wurde inzwischen von seinen Kollegen gerufen, die schon an einem Check-in Schalter warteten.

„Ihnen eine gute Weiterreise!" Er freute sich, dass Hiroki sehr wahrscheinlich mit dem gleichen Flugzeug unterwegs sein würde wie sie.

Katja und Marc saßen schon eine Weile an ihren leckeren Burgern und unterhielten sich über die bevorstehenden Tage in Boston, die Weiterreise nach Europa und bekamen von dem Zwischenfall nichts mit.

„Amit mein Freund, wir haben dich schon vermisst" Marc winkte ihm zu und machte einen Stuhl frei.

„Setzt dich zu uns und bestelle dir etwas Leckeres. Wir haben nicht mehr viel Zeit" Katja schaute kurz auf die Abflug Infotafel, die vom Esstisch aus gut zu sehen war.

„In einer Stunde geht es für uns weiter", sagte Marc und schaute durch das Panoramafenster die Stadt an, als wollten seine Augen diesen Blick mit nach Boston nehmen. Zahlreiche alten Eichen umrahmten die Stadt, als wäre sie in der Mitte eines großen Naturparks entstanden.

Die Abflughalle war mittlerweile gut mit Menschen gefüllt. Zum Glück war das Gate nur einen Katzensprung entfernt und alle drei konnten ihn schnell erreichen.

In der langen Warteschlange am Gate entdeckte Amit den Fluggast aus Japan, der mit ein paar ähnlich aussehenden Menschen eine freundliche Diskussion führte.

Der Kapitän begrüßte alle persönlich und die nette Crew versuchte geschickt die Reisenden an ihre Sitzplätze zu bringen. Die Gruppe aus Japan durfte in der gleichen Reihe sitzen, in der bereits Amit und Katja saßen.

„Meine Damen und Herren, herzlich Willkommen an Bord unseres Fluges nach Boston, die Flugdauer beträgt ca. zwei Stunden und zwanzig Minuten", eine Botschaft die allen gute Laune machte und sie freuten sich schon auf das Wiedersehen mit ihren Lieben.

Das Flugzeug hob pünktlich ab und die Crew fing dann auch schon an, die kleinen Snacks zu verteilen.

„Es ist nett, sie wiedersehen zu dürfen" Amit lächelte Hiroki an, der gerade auf seinem Laptop einen Text eintippte.

Hiroki nickte freundlich und führte seine Arbeit konzentriert fort.

Während einer kurzen Essenspause wurde Amits Neugier noch größer.

„Sie sind ein sehr beschäftigter Mensch", sagte er, als Hiroki für ein paar Augenblicke seinen Laptop zuklappte.

„Zusammen mit unseren Kollegen in Boston arbeiten wir gerade an einem neuen Antrieb", antwortete er.

„Hört sich interessant an" Amits einziger Antrieb war bis jetzt sein Morgenkaffee, der ihn wach hielt, wenn er gerade Frühschicht hatte.

„Also sie bauen Raketen?", führte er fort.

„Nicht wirklich, aber mit unserer Hilfe können Menschen ins Weltall fliegen" In Hirokis Augen baute sich Zweifel auf, ob er dem gegenüber alles erklären kann.

„Glauben sie, es gibt ein Leben dort?"

„Alles deutet darauf hin", antwortete er sachlich.

„Sie müssen viel rechnen, nicht wahr?"

„Wir gehen davon aus, dass Gottes Sprache die Mathematik ist"

„Am Anfang war das Wort, und das Wort war bei Gott und Gott war das Wort" Amit zitierte seine Mutter Desna, die ihm so etwas schon Mal erzählt hatte.

„Ja genau...und wir suchen nach diesem Wort", Hiroki wurde nachdenklich.

„Ist es nicht so, dass Gott sich unsere Welt ausgedacht und den Atomen befohlen hat, alles zu kreieren, was ist?", fragte Amit weiter.

„Gott war bewusst, was er will....und es gab niemanden, der ihm sagte, dass es nicht möglich ist" Hiroki grinste.

„Meinen sie, wir stehen uns selber im Weg?"

„Uns wird von klein auf eine bestimmte Sichtweise vermittelt, was möglich ist und unter welchen Voraussetzungen. Traditionen geben uns sicherlich Halt, hindern uns aber oft an unserer Weiterentwicklung. Ein Bewusstsein für neue Wege verändert die Welt und nur von uns hängt es ab, wie wir unser Bewusstsein einsetzen. Ein Messer kann verletzen, wir können aber mit seiner Hilfe auch eine leckere Mahlzeit zubereiten. Die Absicht ist ausschlaggebend.

Lebe bewusst und höre auf dein Inneres, denn dort findest du Lösungen und Antworten, die nur an dich adressiert sind. Dich und deinen einzigartigen Lebensweg.

Es gibt keine Pauschallösungen, die für alle gleich optimal sind. Es gibt aber jede Menge Menschen, die dir genau das vermitteln wollen. Jeden Tag, von Morgens bis Abends " Hiroki war inzwischen mit seiner Mahlzeit fertig und widmete sich wieder seinem Laptop.

„Freidenker haben es nicht leicht, sie werden oft als Rebellen und Querdenker eingestuft. Aber genau solche Menschen bringen unsere Welt weiter",schwebte es durch Amits Kopf.

Marc drückte Katja ganz fest an sein Herz und zeigte ihr durchs Fenster die Ostküste und die sich nähernde Stadt, die gleich angeflogen wird. Es war Boston, mit seinen Häfen und dem Schiffsverkehr. Es waren nur noch einige Minuten bis zur Landung und alle fingen schon an, ihr Handgepäck zusammen zu suchen.

Ein starker Küstenwind verwandelte das Flugzeug für einige Minuten in eine Schaukel, aber die Menschen an Bord blieben ganz ruhig und ein paar klatschten, als es auf der Landebahn aufsetzte.

Amit hatte vorgesorgt und parkte seinen roten Geländewagen direkt am Flughafen, so dass alle drei samt Gepäck gleich weiterfahren konnten.

Die Stadt erfreute die Augen der drei. Durch ihr sommerliches Feeling und den frischen Wind war es nicht so schwül, wie in Louisiana und besonders Katja fühlte sich von Anfang an wohl und bestens gelaunt.

Amit freute sich schon auf seine Familie, brachte aber erst die Beiden nach Hause, dort wo sich Marc seine Eltern erhoffte, die laut der Nachricht auf seinem Smartphone, da sein müssten....

Jetzt waren sie angekommen, auf der Treppe standen zahlreiche Blumentöpfe, ein Zeichen, dass Marcs Mutter doch ein bisschen Urlaub nehmen konnte.

Das große Haus wirkte aber, genauso wie damals, verlassen und mit Sehnsucht nach seinen Bewohnern gefüllt.

Die Tür ging auf, noch bevor Marc seinen Schlüssel reinstecken konnte.

„Mein Sohn, Meine Tochter, herzlich Willkommen in Boston!" Marcs Mutter nahm sich extra einen freien Tag und umarmte beide ganz fest. Hinter ihr lagen bereits viele Gespräche mit Ivette und Andre. Sie hatte beiden versprochen, ihren nächsten Urlaub in Lafayette zu verbringen.

Katjas Gitarre, die beide Flüge gut überlebt hatte, fand gleich einen Ehrenplatz im Wohnzimmer.

„Ich freue mich sehr, dass wir uns noch sehen dürfen, bevor ihr nach Liechtenstein fliegt" Marcs Mutter schaute das Paar herzlich an und lud beide in die Küche ein, in der bereits Kaffee und Boston Cream Pie, warteten.

Marcs Mutter rührte langsam ihren Kaffee um und schaute dabei beide nachdenklich an.

„Seid ihr glücklich?", fragte sie plötzlich und es war die zweitwichtigste Frage im Leben, die Marc von

Anfang an beschäftigte.

„Was verstehst du unter Glück?", erwiderte er und ohne auf die Antwort zu warten fuhr er fort:

„Ich bin der glücklichste Mensch der Welt!" Marc umarmte in diesem Augenblick die beiden mit am Tisch sitzenden Damen seines Herzens und fügte hinzu:

„Ich wache gut gelaunt auf, weil ich unter wunderbaren, sogar unglaublich komfortablen Bedingungen schlafe. Ich habe es warm, ruhig, gemütlich und sauber. Im Gegensatz zu Hunderttausenden von Menschen auf unserem Planeten, muss ich mir keine Sorgen machen, dass jemand meinen Schlaf unterbricht und zum Beispiel mein Haus angreift, weil ihm eines Tages meine Religion nicht gefällt und er beschließt alle zu erschießen, einschließlich mich.

Wenn ich aufwache, ist meine Welt sicher, vorhersehbar und freundlich. Ich gehe ins Badezimmer und dort erwartet mich die nächste Überraschung. Ich habe nicht nur sauberes Wasser aus dem Wasserhahn, sondern sogar heißes Wasser! Mein Lächeln verlässt mein Gesicht nicht, weil es bedeutet, dass ich einer der Auserwählten des Schicksals bin.

Viele Menschen auf der Welt müssen sich Sorgen machen, ob sie in den nächsten Stunden Wasser haben werden. Ich habe so viel davon, wie ich will – zu jeder

Tages- und Nachtzeit.

Aber, es ist immer noch nicht alles – ich habe rund um die Uhr Strom, der mich in allen Räumen mit Licht versorgt.

Ich beginne den Tag und fange wieder an, zu lächeln – die Menge an Kleidung, Hemden, Schuhen oder Jacken, die aus den hochwertigsten Materialien hergestellt sind, würden die meisten Inder schwindelig machen, die nur zwei Kleidungssets besitzen, eins für den Alltag und eins für die Feiertage.

Früher dachte ich, ich hätte nicht so viele Dinge. Als wir damals ins neue Haus in Vaduz umgezogen sind, sah ich, wie sehr ich mich irrte.

Dutzende von riesigen Kisten ließen mich erkennen, dass wir, wie viele Menschen auch, einen Überschuss an allem haben. Es war eine sehr wichtige Erfahrung für mich und hat mich auch viel glücklicher gemacht als zuvor.

Ich lernte das gierige „Tier" in mir zu zähmen, das fälschlicherweise flüsterte, wenn ich mir etwas leisten kann, soll ich es sofort kaufen....nichts könnte falscher sein!

Die nächsten Gegenstände sind die nächsten Diebe unserer Energie. Wir benutzen viele davon sowieso nicht und in Ecken oder Schubladen versteckt sind sie nur eine Belastung in unserem Leben"

Marcs Mutter wusste wovon er sprach. Das schöne Haus hier in Boston fühlte sich oft verlassen an aber sicherlich nicht mit herumstehenden Dingen überfüllt.

Auch Katja sprach er aus dem Herzen. Sie lebte oft im hier und jetzt. Musik war ihr Leben und auch heute Abend durfte sie bei Amit und Desna wieder ans Klavier.

„Ein Tag wie in Louisiana", sagte sie.

Tatsächlich, Boston ähnelte heute ihrer Heimat. Die Sonne schaute ins Haus und brachte einen angenehmen Lichtstrahl durch das geöffnete Küchenfenster.

Der Sommer in Boston war im vollen Gange und lud alle drei zu einem Spaziergang entlang des Charles River ein.

„Komm mein Cowboy, zeige mir dein Boston!" Marcs Mutter grinste nur, als Sarah diesen Satz sagte.

„Ein Satz, den mein Sohn öfters hören wird", dachte sie in diesem Moment. Der Abend in Charlestown war sehr angenehm und warm, anders als damals bei Marcs erstem Besuch in Amits Haus.

Anders war auch die Energie, denn es fehlte Amits Vater, den Marc so herzlich in Erinnerung hatte.

„Guten Abend und Namaste!" Desna machte die Tür

auf und lud ihn mit Katja ein, herein zu kommen.

„Mein Beileid nochmals!", fügte er hinzu und drückte Desna fest ans Herz.

„Seid gesegnet meine Lieben. Ich fühle zwei verwandte Seelen", sagte sie und nahm beide ins Wohnzimmer zu einem festlich gedeckten Abendtisch.

„Amit kommt heute ein bisschen später", fügte sie hinzu.

„Er musste noch unerwartet in die Kinderklinik" Für Marc war dies ein tägliches Brot und er hoffte, Amit noch kurz sehen zu dürfen, bevor das Abendessen vorbei sein wird.

Nach einem leckeren Chai Latte, Käsekuchen und einem Mango Getränk machte sie beiden Amits Musikzimmer auf, in dem Marc bereits damals einige schöne Stunden verbrachte.

„Das Zimmer hat uns damals nach Nashville gebracht" Marc nahm in diesem Moment Katja in seine Arme und machte in Gedanken einen Ausflug in die Vergangenheit, zu jenem Tag an dem er mit Amit in Nashville landete.

„Ich fühle mich wie bei Gromes, bin sehr dankbar für unseren Besuch hier" Katja umarmte Desna herzlich und setzte sich gleich an das braune Klavier, das am Fenster stand, aus dem sich ein herrlicher Ausblick auf Boston erstreckte.

„Rain is coming down", ertönte es im Zimmer und Desna brachte zugleich noch zwei Tassen leckeren Tee.

Während Katja leidenschaftlich Klavier spielte, erzählte Marc Desna über seine Eindrücke aus Louisiana, über seine Hochzeit in New Orleans und über gemeinsame Pläne für die Zukunft, die beide mit Liechtenstein verbanden.

Desna hörte allem sehr aufmerksam zu. Ihr Blick wirkte immer wieder abwesend, als wäre sie in den, für uns unzugänglichen Gegenden, unterwegs.

„Alles wird gut Marc...ich sehe eine lichtvolle Zukunft für euch...ich sehe dich beim Kaffee kochen", sagte sie mysteriös.

„Ja, Kaffee kochen, tue ich in Vaduz jeden morgen!" Marc grinste Desna an und konnte mit der Aussage, in jenem Moment nichts anfangen.

Als Wirtschaftsinformatiker stellte er sich eher eine Bürotätigkeit vor, was natürlich Kaffee kochen nicht ausschloss. Er fühlte innerlich, dass sie damit etwas anderes meinte.

Es wurde spät und beide bedankten sich bei Desna für den schönen Abend, das wie immer leckere Essen und für das lange Gespräch, das sie mit Marc geführt hatte.

Der Tag neigte sich dem Ende zu und beide erhofften sich, noch einen schönen Sonnenuntergang auf dem Weg nach Hause. Einen Spaziergang war es auf jeden Fall wert.

Kaum das Haus verlassen, hörten sie plötzlich eine Autohupe, die immer lauter wurde. Marc drehte sich um und sah schon den roten Geländewagen kommen, in dem ganz klar Amit zu vermuten war.

„Ich freue mich, euch doch noch sehen zu dürfen" Amits dunkle Augen strahlten aus dem Inneren des Fahrzeugs.

„Ich bringe euch gerne nach Hause" Amits Vorschlag schloss einen gemeinsamen Spaziergang aus, aber Marc und Katja waren sich einig, dass sie doch mit Amit fahren und gemeinsam mit ihm einen Zwischenstopp am Ufer des Charles Rivers machen wollten.

Amit wirkte sehr müde. Schließlich hatten alle drei einen langen Flug hinter sich und er hatte bis jetzt kaum eine Auszeit gehabt. Erfreulicherweise bekam er noch ein paar Tage Urlaub, so dass dem Ausschlafen nichts mehr im Wege stand.

Der Sonnenuntergang am Charles River versetzte alle drei in die Zeit in Lafayette zurück, nur der frische Küstenwind ließ keinen Zweifel daran, dass sie im sommerlichen Boston waren....

Zu Hause angekommen, genossen Marc und Katja noch einen Eistee und schauten aus dem Küchenfenster der nächtlichen Stadt zu. Das Haus in dem sie ankamen, stand wieder leer, da Marcs Mutter zu Nachtschicht musste. Marc machte dies ein wenig traurig, er wusste aber, dass die Kinderklinik ihr zweites Zuhause war und die Arbeit dort, ihr sehr viel bedeutete.

Kapitel 17

Neue Wege

„Zuhause ist, wo unser Herz ist – habe ich Mal gehört" Marc unterstützte Katja beim Zusammenpacken der Reisekoffer, die bald mit nach Liechtenstein fliegen werden.

„Wo ist dein Herz, mein Cowboy?", fragte Katja, während sie das letzte Schloss ihres Koffers zumachte.

„Mein Herz ist in mir...also ich bin in mir Zuhause....Gott hat sich einen Scherz erlaubt und sich dort versteckt, wo wir ihn oft gar nicht erwarten", antwortete er nachdenklich.

„Was unterscheidet Amerika und Europa?" Wollte Katja wissen.

Marc, der bereits beide Seiten des großen Teiches kennenlernen durfte, hatte gleich eine passende Antwort: „Die Mentalität"

„Was ist Mentalität mein Cowboy?", ihre dunklen Augen wurden nachdenklich.

„Gewohnheiten....Dinge auf eine bestimmte Art und Weise zu tun. Es gibt Gewohnheiten, die unser Leben leichter machen und welche, die es erschweren und kompliziert gestalten. Dinge, die wir nicht kennen, machen uns Angst....mit Dingen die wir nicht kennen wird uns oft Angst gemacht....und wer uns Angst macht, ist bestimmt nicht unser Freund", fügte er hinzu.

„Wir Liechtensteiner machen vieles anders als die Amerikaner, bedeutet aber nicht schlechter oder besser, es bedeutet nur anders. Manchmal ist es hilfreich, ein anderes Mal nicht so.

Sich zu ergänzen für einen gemeinsamen Zweck, ist der Schlüssel für den Weltfrieden, denn wir leben alle auf der gleichen Erde...zumindest bis jetzt. Sich gegenseitig zu bekämpfen und auszunutzen hat noch niemanden etwas Gutes gebracht.

Egal wo wir herkommen und wo wir leben, wir stehen alle vor den gleichen Herausforderungen" Auch Marc war mit seinen Koffern fertig und brachte sie hinunter in den Vorraum.

Das Telefon klingelte schon den ganzen Vormittag, denn es gab noch einiges zu klären. Marc bekam für beide einen Flug nach Frankfurt und hoffte, dass Alois, mit dem er nach Zürich gefahren war, beide dort abholen konnte.

Alois war gerade in Südbayern unterwegs und erklärte sich bereit, zum Flughafen zu kommen.

Eine erfreuliche Nachricht erreichte Marc, kurz nach dem er mit Alois gesprochen hatte. Sein Vater konnte heute früher aufhören und würde beide zum Logan Flughafen bringen.

„Ich habe uns leckere Burger gebracht, so wie du sie magst" Marc machte noch einen kleinen Ausflug in die Stadt, um Katja eine Freude zu machen. Er küsste ihre Stirn und holte aus dem Kühlschrank noch etwas zu trinken. Bei den Temperaturen heute war es eine sehr gute Idee.

Marcs Vater meldete sich inzwischen telefonisch und versprach, in ein paar Minuten da zu sein. Katja machte noch einen Hausrundgang und nahm somit Abschied von einem Ort, an dem sie sich sehr wohl gefühlt hatte und ihn gut in Erinnerung behalten wird.

Marcs Vater parkte sein Auto direkt vor dem Eingang, etwas, was in Boston nicht immer selbstverständlich möglich war.

„Mein Sohn, meine Tochter, ich freue mich sehr im Herzen, euch zum Flughafen bringen zu können. Die letzten Tage haben uns nicht viel gemeinsame Zeit er- möglicht. Ich hoffe, es wird beim nächsten Besuch besser" Marc fühlte, dass das schlechte Gewissen, sei- nen Vater nicht losließ.

Das Gesicht seines Vaters war von Müdigkeit geprägt. Seine Augen verrieten aber eine tiefe Verbundenheit mit der Quelle.

„Vater, du brauchst Urlaub und mehr Gelassenheit....und vor allem Zeit für dich" Marc gab seinen Eltern ungern Ratschläge, aber jetzt war die letzte Möglichkeit, auf etwas hinzuweisen, was seinem Herzen wichtig war.

Marcs Vater begleitete beide bis zur Abflughalle, in der bekanntlich mehrere hundert Menschen, auf ihre Verbindung warteten.

Eine Umarmung und ein Augenblick, in dem Marc zum ersten Mal seit langer Zeit Tränen in den Augen seines Vaters sehen konnte, Augen in der Unwissenheit darüber herrschte, wann sich die Beiden wiedersehen werden.

„Passe auf deinen Cowboy gut auf!", sagte er und grinste Katja an.

„Werde ich tun. Er ist aber ein braver Cowboy", antwortete sie und setzte Marc seinen Cowboyhut auf.

Das Flugzeug hob pünktlich ab und war nur halbvoll mit Passagieren gefüllt. Durch das Fenster sahen sie noch ihr Boston, über dem die Maschine noch eine Kurve drehte, bevor sie vom Atlantik begrüßt wurde.

Beiden stand ein Nachtflug bevor und Marc erhoffte sich ein bisschen schlafen zu können, während Katja in ihren Reiseführer stöberte. Sie freute sich schon auf ihren ersten Besuch in Europa....

Die ersten Sonnenstrahlen kitzelten Marcs Augen. Das Flugzeug wechselte seine Flugrichtung und machte diesen Morgen zu einem einmaligen Erlebnis.

„Guten Morgen mein Cowboy!" Katja bekam schon ihr Frühstück und genoss den herrlichen Sonnenaufgang über den Wolken.

„Guten Morgen Darling. Sind wir schon gleich da?" Marc schien noch nicht richtig wach zu sein.

Das große Display zeigte das Flugzeug direkt über Spanien fliegen und von dort waren es, bis nach Frankfurt, nur noch zwei Stunden.

Mittlerweile bekam auch er sein Frühstück serviert und freute sich auf seinen Latte Macchiato und ein Stück Kuchen, den er in der Früh gewohnt war.

Ein Blick auf sein Smartphone, ließ die gute Laune nicht vergehen. Alois war bereits kurz vor Frankfurt und kam gut voran.

Marc und Katja nutzten noch die Zeit und schrieben ihren Eltern in Lafayette und Boston eine Nachricht aus Europa, das jetzt nur wenige Augenblicke entfernt war.

„Meine Damen und Herren, wir befinden uns im Landeanflug auf Frankfurt....", die Kapitänsstimme machte alle Passagiere richtig wach und sie begannen, wie üblich, ihre Sachen zu verstauen und ihr Handgepäck auf Vollständigkeit zu prüfen.

Katja hielt Marc seine Hand ganz fest und in ihren Augen sah er eine leichte Anspannung, denn Fliegen war nicht unbedingt ihre Lieblingsbeschäftigung.

Eine Gewitterfront machte die Landung ein wenig unangenehm, aber das Flugzeug setzte sanft und sicher auf. Sie waren in Frankfurt, für beide der erste Besuch in dieser Stadt, wenn auch nur am Flughafen.

Marc rief Alois an, während beide auf ihre Koffer warteten, die erst in einigen Minuten angekündigt waren....

Die große Schiebetür ging auf. Marc und Katja standen plötzlich vor großen Menschenmassen aus aller Welt, die auf ihre Angehörigen warteten.

„Alois zu finden, wird für uns eine Aufgabe sein" Marc verließ sich auf Katja und ihren aufmerksamen Blick.

„Alois wird nicht zu übersehen sein, hat er mir am Telefon gesagt", fügte er hinzu und schaute zu Katja hin, die bereits mit der Suche nach einem Zeichen beschäftigt war.

„Schaue dort!" Katja zeigte mit ihrem Finger auf einen älteren Herrn, der eine amerikanische Fahne mit der Aufschrift „Marc & Katja" in seinen Händen hielt.

Auch Marc erkannte jetzt Alois, der wie immer mit einem glücklichen Blick zu ihm schaute und sein Winken erwiderte.

„Grüß Gott in Deutschland!" Alois umarmte ihn herzlich und schaute aufmerksam Katja an.

„Darf ich vorstellen: Meine Frau Katja!" Marc zeigte stolz auf Katja, die Alois ihre Hand zur Begrüßung gab.

„Marc, du warst immer für eine Überraschung gut, aber es waren immer nur die Guten" Alois übernahm den Gepäckwagen und alle drei gingen Richtung Parkplatz, auf dem er sein Auto abgestellt hatte.

„Alois Liebe für schnelle Autos hat nicht nachgelassen", dachte Marc, als alle in Alois Sportwagen einstiegen.

Sie verließen Frankfurt und fuhren Richtung Süden, ins Allgäu, wo Alois noch etwas erledigen wollte und dort eine Übernachtung gebucht hatte...

„Berge, Berge!" Katja schüttelte Marcs Schultern und zeigte auf die, in der Ferne zu sehenden Alpen, die in der sommerlichen Sonne glänzten und den grünen Wiesen eine Heimat boten.

Ein Blick, der für sie etwas nicht alltägliches war, ein Blick, der auch Marc sehr gefehlt hatte.

Nach ein paar Stunden Fahrt, näherten sie sich dem Alpenrand. Die Autobahn war in dieser Gegend gut gefüllt und es staute sich schon ein wenig, je näher sie dem Grenztunnel kamen, der das Allgäu mit Österreich verbindet.

Vor dem Tunnel, verließ Alois die Autobahn.

„Herzlich Willkommen im Königswinkel!" Eine Infotafel begrüßte sie und am Kreisverkehr gab es schon gelb – schwarze Fahnen mit dreibeinigen Wappen zu sehen. Sie kamen in Füssen an.

An der historischen Altstadt vorbei, ging es weiter Richtung Schwangau. Ein kleines Hotel am Fuß des weltbekannten Schlosses des bayerischen König Ludwig, wird für ein paar Tage ihr Zuhause sein.

„Herrlich" Katja hob ihren Kopf und schaute mit großer Bewunderung auf das majestätische, seitlich des Berges stehende Märchenschloss. Marc und Alois packten der weilen die Koffer aus dem Auto aus und brachten sie ins Hotel, in dem, in einem kleinen Speisesaal, ein spätes Mittagessen auf sie wartete.

Der Tag ging fast zu Ende. Katja und Marc träumten nach der langen Reise nur noch von einem gemütlichen Bett, in dem sie erst mal ausschlafen können.

Alois machte sich geschäftlich noch auf den Weg und versprach, sie am nächsten Tag rechtzeitig zu wecken.

Marc wachte am nächsten Morgen ziemlich früh auf. Während Katja noch tief und fest schlief, machte er das Fenster auf und schoss ein paar Fotos vom königlichen Schloss, das bereits von den ersten Sonnenstrahlen gestreichelt wurde.

Die zwitschernden Vögel und die grünen Wiesen luden zu einem Spaziergang ein. Er hörte schon Alois kommen, der dann leise an die Tür klopfte und das Frühstück ankündigte.

„Grüß Gott mein Lieber!" Alois machte sich die bayerische Begrüßung zu Eigen.

„Ich habe eine Überraschung für euch, wir werden heute am Forggensee frühstücken. Ich warte unten auf euch!" Alois war schon richtig in Stimmung. Er genoss solche Frühstücke im Freien, die er und Marcs Familie immer wieder in Liechtenstein gemacht hatten.

„Guten Morgen Darling, geht es dir gut?" Marc sah, wie Katja ihre Augen langsam öffnete.

„Guten Morgen mein Cowboy! Mir geht es gut und ich habe richtig Hunger!", antwortete sie noch verschlafen.

Nach ein paar Augenblicken, saßen alle schon in Alois Fahrzeug und dem Picknick am Forggensee stand nichts mehr im Wege.

Die Sonne schien und gewann an Kraft. Sie spiegelte sich in ruhiger Tafel des Sees wider und machte alles zu einem einzigartigen Lichtspiel.

Alois deckte den kleinen Tisch und machte die große Thermoskanne auf, aus der es nach frischem Kaffee duftete. Es durfte auch nicht an frischen Semmeln fehlen, die von der Hotelbesitzerin vorbereitet wurden.

„Via Claudia Augusta", sagte Katja geheimnisvoll.

Marc und Alois schauten sie mit weit geöffneten Augen an.

„Alte Römerstraße", fügte sie hinzu.

Beide Männer staunten über ihr Wissen. Sie kam schließlich aus Louisiana und heute war erst ihr zweiter Tag, nicht nur im Allgäu, sondern in Deutschland überhaupt.

„Die alten Römer waren schlauer als wir. Sie haben die Bedeutung der Information erkannt. Sie haben das verborgene göttliche Licht in der Materie gesehen.

Die heutigen Menschen sehen nur die Materie und das schränkt sie sehr ein.

Das Wort Information kommt aus dem lateinischen „informare" was so viel wie „intern bilden" bedeutet. Jede Information prägt dein Inneres. Überlege dir also, wo, von wem und über was du dich informierst.

Viele Menschen lieben spannende Geschichten und Neuigkeiten, die ihre Phantasie anregen, die aber oft, die uns umgebende, offensichtliche Realität verdrehen. Bleibe fern von ihnen, sie bringen nur Angst ins Leben. Kümmere dich um dein Inneres so, dass du der göttlichen Quelle immer nahe bist und du wirst den tiefen Frieden und Glück fühlen können, die alles durchdringen" Katja überraschte Alois mit ihrer Ausführung.

Für Marc war sie von Anfang an eine alte Seele, die in ihrem magischen Garten in Lafayette sich neu entdeckt hatte.

„Hat sie die alten Römer auch spüren können, die hier ihre Route hatten?", schwebte es in Marcs Kopf herum.

Ein herrlicher Blick auf die Berge und das, in der Ferne stehende Schloss, machte ihr Frühstück, zu einer unvergesslichen Zeit.

„Hoi Oma, wir werden heute Abend in Vaduz sein", verkündete Marc seinen Großeltern am Telefon.

„Wir erobern zuerst das Schloss, mein Cowboy!", rief Katja. Marc und Alois grinsten nur und schüttelten den Kopf. Sie wussten schon, ohne Schlossbesichtigung wird es nicht weitergehen.

„Dann legen wir los, meine Damen und Herren!" Sagte Alois eifrig.

Nach einer kurzen Fahrt, kamen sie wieder im Hotel an, von dem es bergauf weiter ging.Sie schafften gerade ein paar hundert Meter und wussten schon, ein Taxi musste her.

„Bestellt und gleich erhalten!" Marc sah eine Kutsche kommen, die schon am Anfang der Wanderstraße, ganz langsam voran kam.

Marc wollte immer schon nach Japan und am Schloss angekommen, hatte er das Gefühl, sein Wunsch wurde genauso schnell erfüllt, wie der Wunsch nach dem Taxi.

Das Schloss schien unter Japanern besonders beliebt zu sein und es beschäftigte ihn noch lange, warum dies so war. Viele freundliche Touristen drängten sich auf dem Gelände und er musste gleich an Hiroki denken, mit dem Amit sich im Flugzeug unterhalten hatte...

Der Rückweg erwies sich als viel angenehmer.

Im Hotel bekamen sie außer Brotzeit für Unterwegs, einen ganzen Korb Allgäuer Käse mit, den sie mit nach Liechtenstein nehmen durften.

Gut versorgt ging es weiter Richtung Voralberg. Die bergige Landschaft begleitete sie bis nach Lindau und

Bregenz, dort wo Marc zwischen den Studiensemestern oft seine Inspiration suchte.

Die auf dem Bodensee fahrenden Schiffe erinnerten Marc und Katja an ihre wunderschöne Zeit in Louisiana und Boston. Der warme Wind flüsterte leise die Musik aus New Orleans.

„Guten Abend, herzlich Willkommen in der Heimat!" Der Grenzbeamte in Schaanwald begrüßte alle drei mit einem Lächeln, schaute zugleich Katja an und sagte: „Sie haben eine lange Reise hinter sich, viel Spaß in Liechtenstein!"

„Wir haben alle eine lange Reise hinter uns. Sind hier nur einen Augenblick und nur Gott weiß, wo die Reise hingeht", antwortete sie ihm.

Der Grenzbeamte wirkte mit der Antwort ein bisschen überfordert zu sein. Marc verstand den Sinn aber ganz gut.

Bis nach Vaduz waren es noch ganze zwanzig Minuten Fahrt. Alois, ein flotter und guter Autofahrer brachte alle sicher ans Ziel.

Eine dem Marc bekannte, sommerliche Ruhe seiner Heimatstadt begrüßte sie genauso, wie das kleine Elternhaus mit dem Dachzimmer, in dem alles seinen Anfang nahm.

Die Großeltern in Vaduz warteten schon im Hof auf die Heimkehrer. Nach einer herzlichen Begrüßung, durfte es auch nicht an einem festlichen Abendessen fehlen, währenddessen das junge Paar über ihre schöne Zeit in den Staaten berichtete und alle bis tief in die Nacht damit wachhielt.

Als Marc endlich in seinem Bett lag, fragte er sich: „Wie geht es weiter? " Die Stimme seines Herzens antwortete: „Ich bin bei dir, das Drehbuch des Lebens, schreibst alleine DU "

Füssen, August 2021